美丽塞罕坝

朱悦俊　段宗宝／著

天地出版社 | TIANDI PRESS

图书在版编目（CIP）数据

美丽塞罕坝 / 朱悦俊，段宗宝著；一成都：天地出版社，2019.8
ISBN 978-7-5455-4888-4

Ⅰ. ①美… Ⅱ. ①朱… ②段… Ⅲ. ①纪实文学－中国－当代 Ⅳ. ①I25

中国版本图书馆CIP数据核字（2019）第089143号

MEILI SAIHANBA
美丽塞罕坝

出 品 人　杨　政
策　　划　环球人物杂志社
作　　者　朱悦俊　段宗宝
责任编辑　杨永龙　李晓娟
内文供图　塞罕坝机械林场
封面设计　思想工社
内文排版　尚上文化
责任印制　葛红梅

出版发行　天地出版社
（成都市槐树街2号 邮政编码：610014）
（北京市方庄芳群园3区3号 邮政编码：100078）
网　　址　http://www.tiandiph.com
电子邮箱　tianditg@163.com
经　　销　新华文轩出版传媒股份有限公司

印　　刷　河北鹏润印刷有限公司
版　　次　2019年8月第1版
印　　次　2019年8月第1次印刷
开　　本　880mm×1230mm　1/32
印　　张　9.75
字　　数　201千字
定　　价　48.00元
书　　号　ISBN 978-7-5455-4888-4

版权所有◆违者必究

咨询电话：（028）87734639（总编室）
购书热线：（010）67693207（营销中心）

本版图书凡印刷、装订错误，可及时向我社营销中心调换地球较二十年前更绿了，中国和印度主导了这个星球的绿化。

——美国国家航空航天局

致敬塞罕坝

这个社会到底需要什么样的主流价值观，需要什么样的人生选择？

显然，不同的人有不同的选择。

有的人精于计算，事事慢不得、等不得、吃亏不得，信奉成名要早，成“家”要快；有的人缺乏敬畏，游走于“灰色地带”为己谋利，甚至不惜触犯法律法规；有的人甘于怠惰，认为“不必活得那么累”，陷入“丧文化”“佛系文化”的泥潭难以自拔……

然而，世界上还有一些人，他们敏于行、讷于言，胸有惊雷却足履实地。可能一辈子只做了一件事，却也将这件事做到了极致。他们不是看不到社会的喧嚣、名利的诱惑，而是心有坚守，始终不渝。

塞罕坝上，就有这么一群人。五十多年来，塞罕坝人时刻不忘党和国家的嘱托，艰苦奋斗、甘于奉献、一代接着一代干，将塞罕坝从“黄沙遮天日，飞鸟无栖树”的莽莽荒漠，改造成了百万亩人工绿海。在燕赵大地的北端，无数的岁月韶华，变成一棵棵高大挺直、枝繁叶茂的树木，见证了这个人类生态史上的奇迹。

习近平总书记指出：“中华民族伟大复兴，绝不是轻轻松松、敲锣打鼓就能实现的。”“伟大梦想不是等得来、喊得来的，而是拼出来、干出来的。我们现在所处的，是一个船到中流浪更急、人到半山路更陡的时候，是一个愈进愈难、愈进愈险而又不进则退、非进不可的时候。”

为了民族伟大复兴，为了创造美好生活，我们礼赞塞罕坝、致敬塞罕坝。

人民日报两位年轻记者朱悦俊、段宗宝同志不辞辛苦，三上塞罕坝，费时一年，数易其稿，著成《美丽塞罕坝》一书，殊为不易。很高兴为他们作序，以示点赞。

（作者系人民日报社社长）

目 录

引　言

塞罕坝历史上有“千里松林”的美誉，到了清朝，更有著名的秋狝[1]场所——“木兰围场”。

它“南拱京师，北控漠北，山川险峻，里程适中”。在平定“三藩之乱”后，清康熙帝看中了这块土地，塞罕坝遂成为清朝维护多民族国家统一的政治战略要地。

当历史推进至清朝后期，1863年，也就是同治二年，塞罕坝开围放垦，农牧活动增多，加之山火连年不断，日本侵略者疯狂采伐，曾经的原始森林、肥美草原逐渐退化为荒漠。

从一棵树的莽莽荒漠到百万亩的人工绿海，时至今日，河北塞罕坝林场靠艰苦奋斗屡创奇迹。

2016年2月，在人民日报社内参部主任王方杰的策划和指示下，笔者前往位于河北省承德市围场县的塞罕坝机械林场，对

[1] 古代指秋天打猎为狝，春天打猎为搜，夏天打猎为苗，冬天打猎为狩。

几十年来坚守此地的老、中、青三代林场建设者进行采访。

天蒙蒙亮，我俩背着大书包，睡眼惺忪地出现在北京站的站台上，登上许久未曾坐过的普快列车。一次终生难忘的采访，就以一个极其平淡的心情开始了。

列车很慢，从北京到承德不过两百余公里的路程，竟需要 5 个小时。这与效率第一、时间第一的时代氛围似乎格格不入。火车一路上晃晃悠悠，“哐当哐当”的车轮声夹杂着不时传来的旅客的笑声，让照进车窗的阳光更显和煦，仿佛一切又回到了那个“马车很慢，书信很远”的年代。

火车暖气开得很足，温暖的车厢让人不禁哈欠连连，望着窗外的双眼也跟着有些迷离。即使看见那些因寒冷而变得只剩土色的山头，也觉得分外可亲，全然忘记车外那猎猎的寒风和肃杀之气。

上一个稿件刚刚结束，下一个采访尚未开始，正是一个记者心目中最理想、最舒适的状态。一番天南海北的聊天之后，话题不知不觉就来到了“塞罕坝”。

出发之前，我们已经做了一些功课：历史上的塞罕坝是一处水草丰沛、森林茂密、禽兽繁集的天然名苑，在清朝时更成为“皇家狩猎场”；而待到中华人民共和国成立前后，由于自然灾害、战乱、无节制掠伐等，塞罕坝已经变成了“飞鸟无栖树，黄沙遮天日”的荒漠；1962 年，原国家林业部组建塞罕坝机械林场，经过几代人的艰苦奋斗、攻坚克难、不断传承，塞罕坝再次变成了“河的源头、云的故乡、花的世界、林的海洋、鸟的乐园”……

乍一看，故事很简单，在这种大历史的叙述下，一切都是自然而然、理所应当的，能够消耗人一生的几十年时光，似乎也只不过寥寥几笔而已。

当时我们不知道的是，一个历史波纹的背后，有着无数普通人命运的转折。一眼望去平静如止的水面下，有着无数普通人拼搏击水的波涛汹涌。

半个多世纪前，“向塞罕坝进军”的号角吹响。

1962 年 9 月，369 名来自全国各个高校的热血青年们，一边吹响了集结号，一边怀揣着梦想北上。他们一路来到这里——海拔最高处达 1900 多米的塞罕坝。

这支平均年龄不到 24 岁的队伍，这些来自五湖四海的人，都为了同样一个目的来到同样一个地方。从此，他们便有了同样一个名字——机械林场职工。

林场创立之初，党和国家就下了硬指标、死命令：建设这么一个林场，就是要改变当地自然面貌，保持水土，为改变京津地带风沙危害创造条件。这是塞罕坝人接受的任务，也是塞罕坝人的“初心”。

在这里，他们义无反顾地进行了环境攻坚，也开启了长达半个世纪的造林传奇。

在这漫长的时间里，那些人是什么样的？发生了哪些故事？那些欢笑、悲伤、隐忍、坚持是否穿过了岁月的迷雾？这正是一个记者所关心的。带着这些充满历史感的厚重话题，坐着一辆“复古”的绿皮列车，恐怕再也没有比这两者更搭调的组合了。

火车摇晃，脑中不由自主地冒出许多关于塞罕坝的遐想，等待与塞罕坝相见揭秘的一刻。

从承德下车之后，我们又转乘汽车前往塞罕坝机械林场所在的围场县。

早听说塞罕坝的冬天格外寒冷，从火车下来的那一刻，我俩切身感受到了此处的“风味”。

约莫一个半小时后，我们就来到了林场总部。让人没想到的是，如今林场的工作、生活条件已相当不错，尤其到了冬季时，大部分职工都会下坝来到围场县，住进林场为大家分配的温暖舒适的单元楼。

采访对象的集中，为采访提供了最便利的条件。接下去的几天，我们就一直忙于开座谈会、拜访采访对象、阅读图书资料，同林场老、中、青三代代表人物畅聊林场的发展历程，以及每一个人工作与生活中的酸甜苦辣，尤其是那些经历了几十年风霜打磨留下来的最珍贵的记忆，更常常让我们连连感慨：原来每一个看似平淡平常平庸的地方，都曾发生过无数让人激动感动悸动的故事，这些故事汇成一部创业史诗。

承德市位于河北省最北端，背靠辽宁和内蒙古，因而，承德的男人和女人既有河北人的忠厚质朴，也有内蒙古人的豪爽大方。

若是到承德一带的朋友家去做客，好客的主人少不了拿出当地的高度白酒来招待。尤其是在寒冷的冬天，酒更是御寒、解乏的必需品。

承德本地有不少种烈酒，当地人又实在，喜欢拿大杯子和客人干杯。第一口酒下去，嗓子直辣得生疼，待进了肚子，胃又被“烧得通红”。

承德人热情、能喝，而且喝起来还有一套自己的规矩。起酒，迎宾，打关，祝福，一个正式的酒席，怎么也得喝上三四个小时。

“一个菜说，两个菜喝”，上第一道热菜时聊天，第二道热菜一上，这时主人就会起酒。

起酒过后，主陪会致迎宾词，并提议大家共饮一杯。随后，主人家还会邀请所有客人再次共饮一杯，这个环节喝的是“迎宾酒”。

礼敬三番之后，主人开始派代表向客人一一敬酒。在敬酒的同时，双方还会互相介绍，增进了解。

为了调节酒桌的气氛，调动大家的积极性，承德人还有一套行酒令，这一环节喝的是“打关酒”。沟通感情，促进交流，效果往往很好。

在饭菜上齐之后，主陪还会再次对客人表示欢迎，同时也会为客人送去祝福。这时双方会再饮一杯“祝福酒”。

几巡下来，客人早已是面红耳赤、醉眼迷离，辣嗓子、烧肚子的烈酒开始变得柔绵醇厚、余味悠长。此时主人也便不需要再劝酒，反而是客人要拉着主人碰杯，正所谓“一生大笑能几回，斗酒相逢须醉倒”。

除了能“销万古愁”，承德本地酒的名字也十分有趣：铁帽子、九龙醉、大清坊、大清猎酒……不消说，这与那个逝去百余年、在马背上得了天下的清王朝有着千丝万缕的关系。

采访进行了几天，故事听得很多，收获的感动也很多，但总觉得还缺点什么：我们还没有去过塞罕坝，还没有亲自踏上这些可敬的林业人辛劳耕耘了一辈子的地方，去见证这片土地发生的奇迹，去感受这片土地凝聚的泪和汗。

没有亲眼看一看塞罕坝，就不能算是一场完整的采访。

我俩一直在琢磨，到底怎么开口提出去坝上的要求，才不会给当地领导添麻烦。

没想到，塞罕坝林场党委副书记安长明问我们："咱们要不要到坝上去看看？看看我们到底种了多少树。现在冬天有点冷，上边都是雪，只留着值班的职工。不过路现在都修好了，还要举行雪地摩托车赛呢。"

答案是毫无疑问的。

第二天一早，林场的同志开着一辆帕杰罗越野车，拉着我们便上了坝。

从围场县城出发，上了公路之后，一路都很顺畅，几乎没怎么遇到其他车辆。道路两旁，是典型的北方冬季的景象：一切都是灰扑扑、光秃秃的，只有零星的雪块为苍莽的土地点缀上一点点白色。在被码得整整齐齐的田地和农舍小院里，不时出现一些悠然漫步的牛和骡子，让人感受到了这个寒冷季节里的丝丝生机。

冬天的塞罕坝，虽然寒风阵阵，但太阳却给足了面子，雪块在阳光下发出耀眼的光芒。

不远处，一位牧民拿着长杆，正赶着一群棕褐色的马匹前行，牧马人不再骑着马，而是骑着摩托车放牧。这对我们来说也是件新奇的事情，同时也透露着塞罕坝的与时俱进。

不到一个小时的时间，我们便到了林场的山门。平日里来坝上旅游，便是在这里买门票，但当下正处天寒地冻的时节，山门前空空荡荡，我们的车直接开上了一段上坡路。

进了林场，笔直的公路慢慢变成了弯曲的山间路，两侧的林子也一下子变得极为茂密。抬头望去，林子像极了阅兵式上的士兵方阵，每一排都整整齐齐、行列分明，每一棵都笔直挺拔、枝繁叶茂，不管多想穿过他们修长的身躯去望一眼林子的尽头，都是自己的目光败下阵来，人始终被埋没在这无边无际的汪洋林海间。

随着海拔慢慢升高，路上和树林中的积雪慢慢厚了起来。开车的师傅经验十分老到，一直循着地上已有的车辙前行，车子因而也稳稳当当。

车行至一座瞭望塔时，我们停了下来，下车走一走。

当时大寒刚刚过去，正是一年间最冷的时候，气温低到了零下二三十摄氏度，幸好林场的同志千叮咛万嘱咐，我们穿上了最厚的羽绒服、毛衣、毛裤，戴上了手套，便也没觉得十分寒冷。由于大雪覆地，又加上那天阳光十分好，地上白茫茫一片，为了避免雪盲，我们也都戴上了太阳镜。

走上没有车辆行驶的小路，我们才发现原来雪竟然没过膝盖，走路也便不是“走”而变成“拔”腿前行。这没膝的雪，成了当地居民的天然冰柜。村民会将肉类放进塑料袋，再放进院门口的雪中，或直接放在两扇窗户的夹层里。

扔了几个雪球后，我们便开始朝瞭望塔前进。不过几百米的距离，本觉得走个三五分钟也便到了。“望山跑死马”，没想到走了十来分钟还是没能靠近瞭望塔。

拔着腿走路着实耗费体力，又想到这座瞭望塔中并无人看守，退意就如同潮水一样袭来。拍了几张照片后，我们便徒步返回车上。这时，手指已能明显感觉到被冻的疼痛感，尤其是小指。

有了这样的体验，我对林场职工们的敬佩又多了几分。在这样的严寒条件下，冻伤是职工们的家常便饭。大部分林场职工的脸上、手上，都呈现出与我们不同的红色。那是裸露在空气中的皮肤，被寒风吹过的结果。

到了一个职工办公楼兼宿舍时，午饭时间刚过，出来迎我们的是一个40来岁的汉子，阳刚的脸是黑红色的，刀刻般的皱纹划破了他的眼角和额头，他伸出有力的右手和我们挨个儿握手，大笑着跟我们寒暄。

说了几句话后，我们便闻到了一丝酒味儿，也难怪他脸色红得发亮。

偷偷问安书记:“刚才那位同志喝酒了?”

安书记冲我们讪讪地笑了一下，说:“是喝了一点儿。坝上太冷了，喝点儿酒能暖和暖和身子。以前，不喝酒在坝上根本没法儿待，好多女同志也都喝一点儿。现在有了暖气，按规定是不让喝了，但天气怪冷的，冬天一般没啥事的时候，稍微喝一点儿也就不管那么严了。”

最后，我们到达了河北与内蒙古的省界线——滦河附近。

滦河，最早叫濡水，因其发源地温泉数量众多而得名。在元朝，滦河又被称作“御河”“上都河”，它的发源地，就在河北省丰宁县，也就是我们现在所在的塞罕坝上。

塞罕坝的地貌特征，是典型的森林—草原交错带，以及高原—丘陵—曼甸—接坝山地移行地段。也就是说，塞罕坝有原始森林，也有丰茂草原；既有滔滔长河，又有秀美湖泊；既有险峻山川，又有平缓高原；既有赫赫丘陵，又有深深曼甸。

除了是滦河发源地，塞罕坝还是辽河的发源地之一。滦河与辽河为塞罕坝带去了极优的植物资源与动物资源，因此，这里又有“河之源头”等美誉。

此时的滦河早已彻底封冻，上面还覆盖了厚厚一层雪，像白色丝带一般将大地一分为二。丝带的那一边，是皑皑白雪；丝带的这一边，则是绿树葱葱。

原来，内蒙古那边的山头上，是草原，大雪一来就把草完全盖住了，只能看见白茫茫的雪；而塞罕坝这边的山头上，种的全是树，大雪堆积在树下，却盖不住高大的树冠，一眼望去，便还是一幅墨绿的山水画。

塞罕坝上一日游，让我们对塞罕坝有了更为直观的感受。特别是在冬天，一路上回想起前几日一些塞罕坝老职工讲的故事，便更能体会当年他们吃了多少苦，受了多少累。

自塞罕坝回到北京后，我们便立马开始写稿。由于采访素材较为充足，稿子几乎是一气呵成。随后，王方杰主任对我们的初稿提出了一大堆的修改意见，小到字词语句，大到立意导向，稿子立马变成了一个“大花脸”。

塞罕坝的故事太多，想写的东西也太多，但我们想要传达的最核心的东西到底是什么呢？

就这样，经过反反复复的修改，七易其稿，紧紧扭住“当今时代需要和召唤塞罕坝精神来指引和鼓舞人心”这个牛鼻子，我们最终的定稿名为《从一棵树的莽莽荒漠到百万亩的人工绿海——河北塞罕坝林场靠艰苦奋斗屡创奇迹》。

4 月 20 日，这篇稿件通过《人民日报内参》，直接报送给党和国家的主要领导人。

不久之后，我们便接到有关部门的反馈：习近平总书记对该稿件做出了重要批示。我们一下子就沸腾了起来：塞罕坝精神打动了习近平总书记！

接下来的一年里，根据各方各渠道消息，有关部门多位主要领导前往塞罕坝进行了深度调研和考察。2017 年 7 月，中共中央宣传部组织了人民日报、新华社、中央电视台等数十家媒体，共赴塞罕坝林场，进行了一场罕见的重量级采访活动。

对于此次报道方案和行动，习近平总书记也多次做出重要批示，足见塞罕坝在总书记的心中是一个“念兹在兹”的地方。为此，时任中央宣传部部长刘奇葆也特意在采访团采访之时来到塞罕坝，鼓励所有记者认真贯彻领会习近平总书记系列重要讲话精神，拿出最佳的状态、最高的水平写实写好塞罕坝精神。

8 月初，关于塞罕坝林场的报道铺天盖地，占据了各大媒体头条，成为当时媒体和舆论界最为关注的新闻。“学习塞罕坝精神”“再造三个塞罕坝”等在承德市耳熟能详的口号，成功在全国叫响。

8 月 28 日，新华社播发电讯，这条 279 字的电讯是这么说的：“中共中央总书记、国家主席、中央军委主席习近平对河北塞罕坝林场建设者感人事迹作出重要指示。习近平总书记指出，55 年来，河北塞罕坝林场的建设者们听从党的召唤，在‘黄沙遮天日，飞鸟无栖树’的荒漠沙地上艰苦奋斗、甘于奉献，创造了荒原变林海的人间奇迹，用实际行动诠释了绿水青山就是金山银山的理念，铸就了牢记使命、艰苦创业、绿色发展的塞罕坝精神。他们的事迹感人至深，是推进生态文明建设的一个生动范例。

“习近平强调，全党全社会要坚持绿色发展理念，弘扬塞罕坝精神，持之以恒推进生态文明建设，一代接着一代干，驰而不息，久久为功，努力形成人与自然和谐发展新格局，把我们伟大的祖国建设得更加美丽，为子孙后代留下天更蓝、山更绿、水更清的优美环境。”

党的十八大以来，以习近平同志为核心的党中央，把生态文明建设纳入“五位一体”总体布局和“四个全面”战略布局，把推动形成绿色发展方式和生活方式融入全面建成小康社会全过程，构筑起社会主义建设总体布局的“绿色谱系”。

习近平在十九大报告中进一步指出，生态文明建设功在当代、利在千秋。我们要牢固树立社会主义生态文明观，推动形成人与自然和谐发展现代化建设新格局，为保护生态环境做出我们这代人的努力。

环境治理与经济发展的关系，人类生活与生态保护的关系，是习近平同志一直思考与探索的问题。早在2000年，时任福建省省长的习近平在全国率先提出了建设生态省的战略构想，不到一年的时间，福建省成了全国第一个生态省建设试点省份。2005年，习近平同志在浙江省湖州市安吉县天荒坪镇余村进行调研时，首次提出了“绿水青山就是金山银山”的论断。随后，他在《浙江日报》的《之江新语》专栏专门发表了《绿水青山也是金山银山》一文。

习总书记的思考，是对中国社会实践深刻变化的牢牢把握，是对中国特色社会主义理论和实践的不断开拓和创新。

过去几十年以来，随着改革开放和现代化建设向纵深推进，经济社会发展与生态保护之间的矛盾日益突出，我国社会主要矛盾也逐渐从“人民日益增长的物质文化需要同落后的社会生产之间的矛盾”转化为“人民日益增长的美好生活需要和不平衡不充分的发展之间的矛盾”。也就是说，除了吃饱穿暖，人民群众期望更高质量的“美好生活”，其中，良好的生态、优美的环境是必不可少的。

要想实现“美好生活”，首先要有一个“美丽中国”。那么，在精神内核上，我们如何才能高质高效地建设“美丽中国”呢?

十八大提出“大力推进生态文明建设”之后，第一个被习近平总书记称作推进生态文明建设“生动范例”的塞罕坝，给出了一个满分答案：牢记使命、艰苦创业、绿色发展。

对于这十二个字，人民日报评论员文章做了更加详细的阐释：弘扬塞罕坝精神，需要激发听从召唤、不负使命的责任担当；弘扬塞罕坝精神，需要砥砺生态优先、绿色发展的坚定信念；弘扬塞罕坝精神，需要振奋艰苦奋斗、攻坚克难的意志品质。

塞罕坝对这个答案的找寻，花费了五十余年，付出了几代人的心血。当年那些明眸皓齿、娉娉袅袅的姑娘，和那些充满活力、单纯质朴的小伙子，或许从来没有想过，自己穷尽一生的理想和事业，会在新时代里绽放如此耀眼的光芒。甚至在荣誉和赞美涌来时，他们依然显得云淡风轻，就像陈彦娴代表塞罕坝林场在肯尼亚内罗毕领取联合国环保最高奖项——“地球卫士奖”[1]时所说的那样，他们只是“一心一意地种树，一心一意地把荒山沙地变成绿水青山”。

植树造林，“功在当代，利在千秋”，让我们能呼吸新鲜的空气，让我们的子孙后代能呼吸新鲜的空气；让我们能喝到干净的水，让我们的子孙后代能喝到干净的水；让我们能看到更多动物和植物，让我们的子孙后代也能看到更多的动物和植物。

塞罕坝精神，就是不想让我们的后代，只能在博物馆里看动植物的复原图，只能在电脑桌面上看碧水蓝天，只能坐在工业废弃垃圾上幻想前人的生活。

如今，塞罕坝成了“中国天然氧吧”创建示范点，它拥有112万亩人工林，拥有将近5亿棵树，这个数字，相当于全体中国人人口数的三分之一。被誉为“华北绿肺”的塞罕坝，不仅拥

[1]“地球卫士奖”创立于2004年，由联合国环境规划署颁发，主要是为了表彰通过自身行动和影响力展现对环境领导力的承诺和愿景的个人。

有阻沙蓄水的功能，还成为人们外出度假的好去处。

一心一意地把荒山沙地变为绿水青山，塞罕坝卫士们的追求看似简单却又极不简单。

55 年的风霜雨雪、55 年的峥嵘岁月，话到嘴边，却又变得云淡风轻。

所幸的是，往事并不如烟，尽管被时间洗练，却将久久萦绕在时代的心怀。

塞罕坝究竟是一片怎样的土地？生活着怎样的一群人？那里曾发生了哪些故事？拨开历史的面纱，我们才会发现，“牢记使命、艰苦创业、绿色发展”的塞罕坝精神并非历史留给我们回忆的纪念品，而是中国特色社会主义新时代强烈呼唤的时代精神。

第一章

从皇家猎场到荒漠风沙

清入关之后，承德的政治地位迅速崛起，随着康熙五十二年（1713 年）具有“三十六景”的避暑山庄初具规模，承德成为清王朝的第二个政治中心。

据史料记载，清朝的康熙、乾隆时期，皇帝每年大约有半年时间要在承德度过，清前期许多重要的政治、军事、民族和外交等国家大事，都在这里处理。

比如，乾隆在这里接见并宴赏过厄鲁特蒙古杜尔伯特台吉三车凌、土尔扈特台吉渥巴锡，以及西藏政教首领六世班禅等重要人物，还在此接见了以特使马戛尔尼为首的第一个英国访华使团；1860 年，英法联军进攻北京，清帝咸丰逃到避暑山庄避难，在这里批准了《中俄北京条约》等几个不平等条约；慈禧太后联合恭亲王奕䜣发动的“辛酉政变”亦发端于此……

正因如此，现在才有了“一座山庄，半部清史”的说法。

清王朝之所以要修建承德避暑山庄，主要是为了怀柔和震慑北方少数民族。清以前各朝代应对北方少数民族主要依靠长城，但清朝统治者从历史的铜镜中发现，反复修筑长城不仅会虚耗国库，在军事上也是毫无意义的。

金朝的女真人从 1148 年开始修筑长城，经年累月修筑了东起莫力达瓦，向西南方向经过兴安盟、锡林郭勒盟、哲里木盟、赤峰、乌兰察布盟，直通武川县南大青山群山的金代长城。

结果怎么样呢？这条全长五千多公里、内蒙古最长的长城并没能帮助金朝人抵御蒙古人的进攻。

康熙皇帝看清了这一点，放弃了修筑长城的计划。为了处理好与北部蒙古民族的关系，他修筑了一道看不见的“大墙”，既是看不见，自然也就无法摧毁。

这道“大墙”不隔绝民族，也不分隔土地，却成了满、蒙民族间沟通融合的重要桥梁。这道无形的“大墙”便是木兰围场。

康熙皇帝设置木兰围场，以“木兰秋狝”的方式达到了“民心悦则邦本得，而边境自固”的目的。除木兰围场外，康熙还在武烈水河谷策划修建了热河行宫，也就是现在的避暑山庄。

将夏季的政治中心建立在蒙古人的牧场之上，大力兴建藏传佛教庙宇。康熙皇帝凭借卓越的智慧，用宗教和文化的手段解决了民族冲突问题，促进了民族间的融合。

之所以选择在承德营建避暑山庄，据传是源于一次皇家游猎。在康熙四十年（1701 年）腊月，康熙帝率领一队骑兵出长城古北口二百余里，在行进至热河地区的武烈水河谷时，突然发现前方不远处有一处温泉，其上水雾弥漫，如梦似真。这种奇特的景致吸引了康熙皇帝的注意。

随从官员告诉康熙帝，这里曾经是蒙古人的牧场，而那处温泉名为热河泉，再往前方去就是热河上营。摄政王多尔衮曾多次行猎于此，甚至还曾计划在此兴建避暑城。听完大臣的话，康熙皇帝环顾四周，发觉此地虽然人迹罕至，但景色优美，山川、河流、湖泊一应俱全，且四面山峰林立，景色宜人，一派祥和盛景。

于是，康熙皇帝决意在这里建造一处行宫。

在大多数时候，避暑山庄除供皇帝们处理政事之外，还是皇家游猎之后吃住休息的重要场所。而大清皇家游猎的主要地点，正是塞罕坝。

康熙二十年（1681 年），康熙皇帝为锻炼军队，在这里开辟了一万多平方千米的狩猎场——木兰围场，其范围主要包括现在的塞罕坝、御道口、红松洼等地。

事实上，康熙帝并不是第一个在此策马奔腾的封建帝王。在辽金时期，塞罕坝所在的冀北一带被称作“千里松林”，也是皇帝狩猎之所。《辽史・兴宗纪》中记载：“上猎马盂山，草木蒙密，恐猎者误射伤人，命耶律迪姑各书姓名于矢以志之。”可见，当时冀北山地林木茂密之盛况。

到了清朝初年，年轻的康熙皇帝北巡塞外，看中了这块“万里山河通远檄，九边形胜抱神京”的地方。终于，在平定“三藩之乱”腾出手来之后，他在此建立了世界上第一个，也是迄今为止规模最大的皇家猎苑。

木兰围场是一个满汉合璧的词，木兰是满语译音，原意为“哨鹿”，指的是一种狩猎方法。狩猎时，猎人潜入草木中，戴上假鹿头，口中吹木制或桦皮制的长哨，模仿雌鹿求偶时发出的呦呦的鸣叫声，引诱雄鹿前来。等雄鹿循声走近，猎人伺机射杀。而围场是汉语，其满语是“辉罕”，意思是按预先选定的范围，合围靠拢形成一个包围圈来围捕猎物。

据史料记载，康熙五十年（1711 年）九月，29 岁的意大利传教士马国贤（Matteo Ripa）有幸亲眼看见并记录下了这种“欧洲人不懂的游猎”：

在距离猎场还有几里地的时候，康熙帝命令狩猎的大部队停下，自己则带上六七个猎手一起登山。这些猎手从头到脚都披着鹿皮，一人头戴面具，上面有两支鹿角，隐藏在灌木丛中，一眼望去，就像是一只真鹿一样。

待到大家全部落定，一个猎手吹起乐器，模仿呦呦鹿鸣的声音，吸引鹿群前来。而康熙帝和其他猎手早已端好了猎枪，屏气凝神地等待猎物的靠近。

木兰秋狝图

鹿是一种群居动物，一头雄鹿身边往往有几头雌鹿尾随。对于鹿群来说，只有在决斗中获胜的雄鹿才能做雌鹿群的首领，而猎手装扮的正是一头雄鹿，是鹿群首领的潜在“挑战者”，所以野雄鹿最容易冲过来寻找对手打架。

当高大的雄鹿进入射程，康熙帝开第一枪，如果没打中，其他射手负责补枪。在这次哨鹿中，一连引来了两头雄鹿，康熙第一枪便打中了其中一头，而另一头不但不跑，反而低下头想对猎人们发起再一次的攻击。康熙则从容装弹，把另一头也打死了。连猎两鹿，随行群臣立即下马称颂，将溢美之词送给这位不忘兵马夺天下的皇帝。

在马国贤眼中，相较于策马奔腾的大型围猎，这种狩猎办法的技巧性和协作性十足，使人不至于疲劳过度。

那个时候坝上的野生动物种类颇多。《燕都风土丛书》中曾记载了当地的一桩奇事：康熙年间，有两头黑熊和一头狮子在林子里狭路相逢，立时便撕咬了起来。然而，熊有熊爪，狮有狮吼，两方斗得难解难分、不分高下，竟然拼斗了几天几夜之久，最终三头猛兽全部力竭而亡。随后，这个便宜让当地的猎人捡了去，兽皮被进献到宫中，康熙皇帝命人将其珍藏于雍和宫。这桩奇事，可谓是猎人版的“鹬蚌相争，渔翁得利”了。

皇帝自然不是因为贪玩才兴师动众地开辟这木兰围场，真正的目的在于“肄武绥藩”。当时，统一多民族国家的局面初定，需要实行怀柔政策绥服蒙古，遏制沙俄侵略北疆，所以清朝皇帝每年有很长一段时间在热河行宫（承德避暑山庄）和木兰围场接见蒙古王公。

同时，马背上得天下的康熙皇帝也不愿意天下初定就刀枪入库，马放南山，任由八旗精兵吃喝玩乐，松懈意志。因此，在这块“南拱京师，北控漠北，山川险峻，里程适中”的漠南游牧地举行“木兰秋狝”，锤炼满族八旗的战斗力，就显得再合适不过了。

对于这一“祖宗家法”，历代清帝都不敢松懈。

雍正在位期间，虽然没有举行过木兰行围活动，却始终强调要在“适当”的时候举行“秋狝”之礼。乾隆皇帝对秋狝大典非常重视，从乾隆六年（1741年）到乾隆五十六年（1791年），举行秋狝的次数多达四十余次。嘉庆也很重视“木兰秋狝”。在乾隆四十九年（1784年），嘉庆曾随乾隆一同前往避暑山庄进行木兰行围。在即位之后，由于诸多原因，直到嘉庆七年（1802年），他才第一次举行秋狝大典。为此，嘉庆皇帝还特意进行了一番解释。

他在上谕中说：“秋狝大典，为我朝家法相传，所以肄武习劳，怀柔藩部者，意至深远。我皇考临御六十余年，于木兰行围之先，驻跸避暑山庄，岁以为常，敕几勤政之暇，款洽蒙古外藩，垂为令典。是避暑山庄，实为皇祖皇考在天灵爽式凭之地。朕祇承鸿绪，不敢稍自暇逸，特于今秋涓吉启銮，举行秋狝，实本继志之承。若以山庄为从事游览，则京师宫馆池籞，岂不较此间更为清适，而必跋涉道途，冲履泥淖，远临驻跸乎？朕之敬遵成法，不敢偷安，必欲前来山庄之忱悃，皇考实鉴临之，是以清跸才停，捷书已至，眷佑所昭，如响斯应。朕披览奏函，瞻依居处，不觉声泪俱下。”

在清代，从康熙二十年（1681 年）到嘉庆二十五年（1820 年）的 139 年里，在这里举行木兰秋狝有 105 次之多。

附：历代清帝咏木兰诗

康熙：

塞外偶述

晓雾迷前岭，蒙茸露未晞。
林中呼鹿罢，山下射熊归。
水绕周庐曲，原高众幕围。
时平疆域远，万里尽庭扉。

六十一年秋出哨

岁岁经由处，山川照旧时。
峰峦不改色，鬓发已如丝。
胜地清凉适，衰年水土宜。
非为耽逸豫，实借憩神思。
隔岭疑围阔，闻声呼鹿随。
归营常早歇，抚景自堪怡。
行伍原齐备，屏藩任指麾。
薄来厚往义，远近普恩施。

雍正：

大　猎

五校琱弓劲，三秋兽正肥。
乘时讲武事，大狝振兵威。
狡兔宁藏迹，封熊悉入围。
猎归数军实，落日照龙旗。

乾隆：

启跸木兰即事

行狝守家法，万年不可删。
秋高宜马骤，月满应弓弯。
桥架行回水，云开层叠山。
由旬程最近，已刻莅中关。

入崖口有作

朝家重习武，灵囿自成天。
匪今而斯今，祖制垂奕年。
巉岩围叠嶂，崖口为之关。
壁立众山断，伊逊奔赴川。
秋狝常经过，每为迟吟鞯。

双峰开霁烟，一水流潺湲。
翠叶复黄葩，高低入影妍。
去年巡洛伊，伊亦有崖口。
三涂及七谷，较此夫何有？
一得考功诗，籀芗传至兹。
我为是崖叹，表章将待谁？

行围四咏

其一　撒围

塞山万壑纠，猎士五更行。
撒阵常冲黑，成行始质明。
蚕丛度衽席，鱼丽辨徽旌。
曾不言劳苦，嘉哉奉上情。

其二　待围

两旗合帐殿，千骑列云涯。
试看止齐势，端称左右宜。
弥缝休欲速，磬控尚需时。
勒马平冈待，斐然立就诗。

其三 合围

周陆笑繁重，善御信何称。
岂有车从兽？何殊屠命僧。
诡驰我所戒，连中众多能。
佗藉无须亟，留资岁岁仍。

其四 罢围

地不伤农事，情还联众欢。
陈牲蔽芳甸，颁获逮儒冠。
习武毋忘业，畅游亦戒盘。
控弦教憩憩，西日在枪竿。

永安湃围场作

崖口入围猎场首，东南胥号永安便。
贻谋家法麈禹迹，式猎塞疆非舜田。
咏或群燕天子日，所无逸历古稀年。
围中鹿少才见一，一箭中之胜获千。

嘉庆：

出崖口

晓谒神祠憩别墅，告成狝典启归鞍。
疏林淡雅霜弥重，峭壁高森风益寒。
云影轻翻紫崖峤，涨痕全退白沙滩。
行宫颁赏慰藩部，猎士名王遍赐餐。

上兰杂咏

王塞境清澄，行围典有恒。
于昭自祖考，克绍及云仍。
绥远常存念，司劳永服膺。
非耽游豫乐，旧则敬依凭。

圈了围场，相当于现在的自然保护区，这地方就几乎没了人烟。

围场“旧为蒙古喀喇沁、翁牛特部落游牧之处”[1]，当初是以喀喇沁、翁牛特诸部“敬献牧场”的名义设立的。于是，康熙皇帝要求以科尔沁多罗郡王色楞为主，围场周边各游牧部落巡察围场边界，制止伐木盗兽。随着木兰秋狝的制度化，对围场的管理也日渐严格与正规。康熙四十五年（1706 年），开始正式设置围场总管一职，负责看守边界、禁止民间滥伐林木、偷猎牲兽。

皇家严令“民人不得滥入”“禁樵牧”“禁伐殖”，并派八旗兵严加看守。

为解决围场驻防旗兵的生计，稳定驻防旗兵眷口，清政府又赏给地亩，免其纳粮，规定“每兵一名，给地一顷二十亩”，令其耕种度日，“又镶黄、正黄、正红三旗兵丁，驻都呼岱（又作阿鲁呼鲁苏台）口后兴安等处，地冷难以耕种，改给乳牛三头，每三十头各给犍牛一，羊三十”[2]，“令其永远孳生，以资养赡”[3]。

围猎也得有计划地进行，每次秋狝只择其中的十余围进行狩猎，其余则是休养生息，令野生动植物得以繁衍恢复；“遇母

[1] 嘉庆《木兰记》。

[2]《清会典事例》卷 708《兵部・行围》。

[3]《理藩院则例・录勋清吏司・田宅》，北图藏乾隆内务府抄本。

摩崖石刻：乾隆十七年（1752 年）秋狝，上用虎神枪殪伏虎于此洞

鹿幼兽一律放生”，设围时留有一缺口，令年轻力壮之兽得以逃生。每次围末，“执事为未获兽物请命，允其留生繁衍，收兵罢围”。

从某种程度上说，清政府采取了一些有效措施对围场生态资源实行科学保护，提出了“于物诫尽取”（出自乾隆诗《放鹿》）、“留资岁岁仍”（出自乾隆诗《合围》）。这一保护围场牲兽以持续利用牲兽资源的思想，在当时是极为珍贵的。

在严格的生态环境保护制度下，木兰围场的动植物得以繁衍生长。

光绪年间，后来因投靠日本人、沦为汉奸而遗臭万年的“一分钟民国总理”江朝宗，曾写过一篇《游木兰记》，详细记述了当年塞罕坝地区的美景。其人虽可鄙，但文字却着实引人入胜：

“木兰者，为清代皇帝巡幸边塞，率王公秋狝经武之地。山川郁勃，草木聚茂，川原盘曲，地鲜居民，二百余岁磅礴钟灵，成为太古胜境……蔚然而不见天日者，松柏蓊翳也，曲折如带者，泉水汇为伊逊川也，此山川之秀美也。日出而岚光纷披，云归而岩穴叆叇；风来而万木摇青，雨过而千峰竞秀；野芳馥郁，山鸟依人，麋鹿往来，猿鹤相亲。山可采，水可钓，泉甘而石润，气温而土肥，位置天然，殆非人力之所能也，此山川之幽胜也，是奇特秀美幽胜兼有也……”

从当时的一些绘画作品中，我们也可以一窥彼时水草丰沛、森林茂密、动物繁衍的山川风貌。

著名宫廷画家、意大利人郎世宁历经康、雍、乾三朝，在中国从事绘画工作50多年，作品大多与王室生活有关。现藏于法国东方艺术博物馆（吉美博物馆）的《木兰图》（四卷）、现藏于故宫博物院的《弘历哨鹿图》等画作，都展现了木兰秋狝的场景。

《弘历哨鹿图》，展现的即是乾隆六年（1741年）时，皇帝到木兰围场打猎的情形。其中，画面最前行列的第三人，佩带红锦撒袋（即装弓的袋）骑白马的就是乾隆皇帝，这一年他30岁。

从画面来看，崇山峻岭、道路崎岖、林木幽深，八旗兵勇虽然浩浩荡荡，但骑马穿行其间，反而显得渺小。那山峦上成片的松树，和今日塞罕坝上的落叶松、樟子松十分相似。

只是此树非彼树。塞罕坝不仅供皇家狩猎之用，也为皇家园林建设提供了大量木材。据记载，为了扩建北京的圆明园和承德的避暑山庄，仅在乾隆三十三年（1768年）至三十九年（1774年）的6年时间里，就从塞罕坝采伐了34万余株古松。

所谓上行下效，清政府大量砍伐围场林木的行为直接产生了两个负面影响：一是给围场内外提供了相互勾结、营私舞弊的可乘之机，围场官兵视管理为儿戏，敷衍塞责；二是“鹿支惊

弘历哨鹿图

逸”“禽兽逃匿”[1]，使围场野生动物大量减少。

流民盗伐是木兰围场生态遭到破坏的一个重要原因。早在康熙时期，就有大量山东流民前往塞外避难，承德附近的木兰围场逐渐成为北迁流民的重要目标。乾隆三十一年（1766年），围场管理就抓获了一批潜入木兰围场偷伐林木的“木匪”，这些“木匪”共偷伐林木三千多株。

由于围场管理不善，出现流民盗伐偷猎的现象。《承德府志·诏谕》中就有关于乾隆年间流民偷猎牲畜和盗伐树木的记载。到嘉庆朝时，流民的盗伐偷猎现象依然屡禁不止，并且呈现出日益严重的趋势。

嘉庆皇帝在第一次举行木兰行围之时，便已经发现围场中牲畜大为减少的现象。为此，在嘉庆七年（1802年）八月，嘉庆谕内阁：“围场之内，应严加管辖，不得擅放闲人……朕从前每次随围，曾记此数围内野兽甚多，今已十载，未经行围，此次进哨，鹿只甚少。看来系平日擅放闲人，偷捕野兽，砍伐树木所致。”

嘉庆皇帝的训谕不错，但效果甚微。

当嘉庆再次前往木兰围场时，他发现偷猎盗伐、驱散野兽的现象不仅没有改善，反而愈演愈烈，甚至还出现了官民私通，大肆砍伐官木的现象。

[1]《清仁宗实录》卷132，嘉庆九年七月下。

为此，嘉庆皇帝再次训谕:“围场为肄武重地，自应严密稽查，毋令有私砍木植偷打鹿只等事。今因节年有大工，是以砍伐官木司其事者，办理不善任令匪徒逸入私立寮铺，影射偷砍，运载出境牟利，其未运之木尚堆积路隅，不可胜数……可见，热河副都统、总管等，竟借工程木植为名，任令通同舞弊，情事显然……是以国家百余年秋狝围场，竟与盛京高丽沟私置木厂无异。而习劳讲武之典，连岁阙如，成何事体？不可不严行惩究！”[1]

嘉庆皇帝的连番训谕并没有减缓木兰围场整体环境的恶化。

其实，大清律法对偷猎砍伐的规定不可谓不严，只是在执行上大打折扣。

按《大清律例》及《理藩院则例》等规定，凡私入围场、偷猎牲兽、盗伐木植者，根据情节轻重处以枷、杖、徒、流、发遣等刑罚。具体而言，“私入木兰等处围场，偷采菜蔬、蘑菇及割草，或砍取柴枝者，初犯枷号一个月，再犯枷号两个月，三犯枷号三个月发落。偷窃野鸡并无鸟枪器械者，杖八十。若盗砍木植数十斤至一百斤，杖一百，徒三年；百斤以上，枷号一个月，杖一百，徒三年；五百斤以上，杖一百，流三千里；八百斤以

[1]《清仁宗实录》卷132。

上，发乌鲁木齐等处种地；一千斤以上，发乌鲁木齐等处给兵丁为奴。其偷打牲畜不计其数，初犯，杖一百，徒三年；再犯，发新疆等处种地；三犯，发新疆等处给兵丁为奴；为从各减为首一等。”[1]

所以，我们“80后”的“童年回忆”《还珠格格》中小燕子私闯木兰围场，以求面见乾隆，是冒着极大风险的，至少要蹲一个月的号子。

此外，史学研究发现，除以上刑罚之外，还对擅入者进行侮辱性的惩罚，如“刺面”。清代法律明文规定，“以上各项人犯，无论初犯、再犯、三犯均面刺‘盗围场’字样。如打枪放狗，仅止惊散牲畜，及偷窃未得之犯，各减已得一等，均面刺‘私入围场’字样”[2]。

尽管清政府前期也曾大量砍伐塞罕坝地区的树木，但得益于“皇家围场”的威名，塞罕坝地区一直保持了良好的生态环境。然而后期因国运衰落，民生凋敝，盗伐盗砍愈演愈烈，塞罕坝生态遭到破坏。

塞罕坝的大规模生态破坏始于1863年，小皇帝同治继位刚刚一年，清政府的最高权力被牢牢掌握在“垂帘听政”的慈禧太

[1]《大清律例》卷24《刑律·贼盗中》。
[2]《大清律例》卷24《刑律·贼盗中》。

后手中。

那时的紫禁城，映照的已经是帝国的晚霞。经过两次鸦片战争的烽烟，专制王朝的君臣中终于有人不再装睡，认清眼前是“三千年未有之变局”，那“大门口的陌生人”是“三千年未有之强敌”。有人喊出了“师夷长技以制夷”，有人喊出了“师夷长技以自强”，一场轰轰烈烈的救亡图存运动由此展开。

要办大事就少不得花钱，可两次割地赔款后的帝国早已国库空虚，民生凋敝。

钱从哪儿来？木兰围场可以出一份力。

同治元年（1862 年），原顺天府尹蒋琦龄向清廷献上《进中兴十二策》进言废止“秋狝虚名”，允许闲散旗民开垦口外及关东闲田自谋衣食，被朝廷批准。

同治二年（1863 年）二月，朝廷令热河都统瑞麟提出了“因地制宜，就近招佃展垦，尚足以济兵饷不足”的主张，并派协领及有关人等，会同驻木兰围场的两翼长官实地勘察，其结果是有可放垦的荒地 8400 余顷。瑞麟据实向朝廷进言，因开荒垦种要投入较大的工本，一般旗民家道很难承受，建议就近招募家道殷实而又素业农耕之人开垦，以利国计民生，经朝廷认可后付诸实施。

这就是木兰围场开垦之始，史称“开旧围”。

事实上，此次放垦并非全部是围场边荒，已逐渐侵蚀了正围或称围座。

为招募佃民垦荒，热河都统署在热河（今承德市）设裕课总局，至同治五年（1866年）又在木兰围场石片子（今属隆化县）设围场裕课副局，就近办理放垦事务。到同治六年（1867年），热河裕课总局及围场裕课副局在木兰围场共放垦围荒3957顷，加之拨给喀喇沁和翁牛特两旗驿站随缺官地430余顷，总计放垦4387顷。

然而，放垦的政策口子一旦打开，饥饿的百姓便顾不得可持续发展了，“腾围”与“反腾围”的拉锯一直在进行。

“腾围”即官方欲制止官民越界垦荒或私自开垦原勘察划定保留的围座；“反腾围”即兵民抵制官方腾围的号令，并千方百计继续越垦私垦。反腾围的兵民不顾一切，千方百计毁界入围，强行耕种，甚至与官方发生械斗。毕竟，民以食为天啊，命都要没有了，还管什么官大人！

史料显示，因民生国计两难相全，清政府也曾“免热河腾围旗民租课三年”[1]，以图保护围场生态。但此举意味着国家财政税收损失，对国本凋敝的清王朝而言，实非长久之计。

《辛丑条约》迫使清政府赔偿4.5亿白银，分39年还清，本

[1]《清史稿》卷22《穆宗本纪》。

息共计约 9.8 亿两，这使清政府财政经济濒临崩溃的边缘。

光绪二十九年（1903 年），“开新围”又开始了，这次开围包括伊逊川（又称大筒川）、布敦川、牌楼川、孟奎川、卜克川等五川荒地。

光绪三十年（1904 年），新任直隶总督袁世凯为筹措编练新军经费，说动练兵大臣庆亲王奕劻以练兵处的名义，上奏朝廷重办围场屯垦事宜。袁世凯起用被革职的原广西太平思顺道何昭然，任职直隶屯垦木植局总办，主持全面放垦木兰围场兼采伐御用木材。废止秋狝大典之后又艰难维持了八十年的皇家猎苑至此全面放垦。直隶屯垦木植局设立后，即着手勘测、绘图、划庄、编号，把凡未放垦的地方，按地域划分为东、南、西、北、中五庄，编制“字”“号”，而后按字逐号招民开垦，一直到辛亥革命清朝灭亡，仍坚持放垦亦未中断。

至此，清代皇家猎苑木兰围场不复存在，塞罕坝一带封育了 200 多年的森林惨遭破坏。

国力维艰，是百姓之苦，也是自然之苦。那个时候，无论是封建王朝的统治者，还是坝上的山野村夫，心里都装不下绿水青山，惦记的只有金山银山。

木植局的职能就是专司砍伐国有林售卖木材，以及承办售卖山林迹地事宜。木植局对伐光树木的迹地，仅以荒地价的 6 折甚至 2 折的低价卖给私人。到了民国六年（1917 年）三月，围场县木植局长王会中在给热河省的报告中称：“查围场国有林共有 120 处，大致以红松（杄）、白杄为最多，其次多者为油松、枫木等树……所略估计共有大小树 1500 万株之谱……”据推测，上述国有林地面积不超过 50 万亩，可见当时围场县的国有林地大部分已被伐掉。

除了采伐，还有火烧。垦荒者每年要放火烧荒，以便于垦殖并增加土壤肥力，但往往酿成森林火灾，烧毁林木。当时的森林火灾因无人组织及时扑救，一起火就十天半月不息，在西北风作用下，经常火烧连营百八十里，白天烟尘笼罩，夜间火光冲天。

还有伐薪烧炭。把残林或幼林砍伐下来烧成木炭，然后再向周边城乡运销，是不少人的生计。现在的围场县境内，到处都会遇到炭窑沟、老炭窑沟、西炭窑沟等自然地名。民众把炭窑称为“吞山虎”，可见烧炭消耗木材之多。据民国二十七年（1938 年）统计，全县有烧炭户 116 户，年产炭 3180 吨，其原料需消耗木材 1 万余立方米，折合活立木蓄积 2 万余立方米，毁林面积 1 万余亩。

再加上抗日战争时期，日本侵略者的掠伐，到中华人民共和国成立的时候，这里的原始森林不复存在，当年“山川秀美、林壑幽深”的太古圣境和“猎士五更行”“千骑列云涯”的壮观场面消失在漫天黄沙的荒漠里。至 20 世纪 50 年代初，围场地

生态遭到严重破坏的塞罕坝

区森林覆盖率已下降到 7.6%，与建国初期相比，下降了接近 60 个百分点。

围场地区森林植被遭受破坏之后，塞罕坝和周围地区生态环境失衡，环境日益恶化。在夏季降水偏多的年份，时常会出现洪水；而在降水偏少的年份，则会出现不同程度的旱灾。水土流失加剧，大量泥沙阻塞河道，生物多样性也随之减少。在冬春季多风时节，这里更成为沙尘暴的主要沙源地。

从皇家猎场到荒漠风沙，塞罕坝的变化见证了一个国家百年间的荣辱兴衰，在一个兵荒马乱、命比纸贱的年代里，“生态保护”四个字只存在于极少数人的脑中，任何实质性的举措都无从谈起：人都要死了，还留着那些树做什么？

第二章 『功勋树』的奇迹

1949年10月1日，中华人民共和国中央人民政府正式成立。几个月后，随着国民党残部的全面崩溃，断断续续地饱受战火摧残长达一百余年的神州大地，终于迎来了久违的和平。一切都百废待兴。

随着土地革命、社会主义工业化、三大改造等运动的进行，千疮百孔的国内经济得到极大的恢复和发展，“吃”的问题得到了最基本的保障，人民生活和国家发展都回到了正常的轨道。

中华人民共和国成立初期，人们是如何看待“生态”“环保”“植树造林”这些今天的流行词语的？

采访中，我们从围场县委宣传部得到了一份1950年颁发的《热河省植树造林护林暂行办法》（以下简称《办法》）。这一地方法规由热河省[1]人民政府委员会第二次会议通过，从中，我

[1] 热河省，简称热，省会承德市，是民国时期行政区划的省份之一，是关外东北四省之一。民国三年（1914年）一月设置热河特别区，民国十七年（1928年）九月明令改制为省。1955年7月30日撤销。辖区分布在现内蒙古自治区、河北省、辽宁省。

们可以一窥全豹。

面对当时不足百分之十的森林覆盖率，政府首先选择的是封山养林。如，《办法》第七条规定：严格进行封山养林，以逐步与轮次封禁办法，使其逐渐恢复成林，凡经封禁之山林，非经开放，不得擅自樵采或放牧。

其次则是以物质和精神奖励的方式鼓励植树造林。如，《办法》第五条规定：凡有公民一户至五户一年内无论在公荒或自有土地造林满五十亩以上，经农林部门检验属实确已成林者，政府给予二百斤到三百斤原粮之奖励，造林多者，多奖励之。

第六条规定：凡积极领导植树造林之个人或群众团体，公认成绩显著者，县区人民政府，依情提请省人民政府，给予名誉或物质的奖励。并得作为当选劳模条件之一。

然而，这样的办法在插根树枝都能活的南方地区或许行之有效，但在自然条件极端恶劣的坝上地区，就收效甚微了。

“塞罕”在蒙古语中有“美丽”的意思，在生态环境遭破坏之前，塞罕坝确实是一处美丽的绿色高岭，但由于乱砍滥伐和连年山火，到中华人民共和国成立初期时，原来有千里松林的美丽高岭，已经变成了人迹罕至的荒漠高原。塞罕坝地区的生态环境遭到了严重的破坏。

生态环境的恶化加之当地本就严峻的自然环境，使塞罕坝成为苦寒之地。

塞罕坝冬季漫长寒冷，气候条件恶劣。

在当地生活过的人曾形容：“冬季是最难熬的，气温能够到零下40多摄氏度，滴水成冰。每天早上还会刮白毛风，几乎天天都在下雪，大雪没腰，所有道路都被大雪覆盖，当地人几乎与外界断了联系。大雪若被风一刮，屋内就会结下一层冰。晚上睡觉需要戴上皮帽子，早上起来，眉毛、帽子和被子上都会落下一层霜。铺在身下的毡子全都冻在了炕上，想要卷起来，还需要用铁锹慢慢地铲。”

冬季大雪封山之后，塞罕坝几乎找不到一条能够通往县城的路可走，主要的交通工具马车也失去了作用。当地的人基本处于一种封闭和隔绝的状态之中。

气候恶劣加上道路闭塞，塞罕坝人冬季粮食严重不足。缺粮食，当地人就吃全麸黑莜面加野菜，大多数时候，人们只能吃咸菜配主食。

因为没有通电，除吃饭、睡觉和工作外，在当地生活的人没有其他娱乐活动。除了要忍受寒冷刺骨的肉体上的考验，人们还需要经受孤独和寂寞的精神磨炼。

如果不是愚公一样的人，谁会愿意去坝上这样的苦寒之地战天斗地呢？

转眼到了 20 世纪 60 年代。

20 世纪 60 年代初期的北京城，春天是最为恼人的季节。虽然大部分时间里是蓝天白云、春光和煦，但说不准什么时候便会刮一场遮天蔽日的沙尘暴。

沙尘暴一来，漫天的飞沙立马遮蔽了视线所及的一切，即使是最炽烈光亮的太阳，也变得像个昏黄暗淡的街灯。大风一扫而过，屋顶、窗台、街道上全都盖上一层细细的沙粒，路上遇见个熟人，哪怕遮着嘴寒暄几句，也会吃一嘴的沙子。

事实上，根据有关气象资料，20 世纪 50 年代，北京年均沙尘天数为 56.2 天，是如今的十倍有余。其中，发生季节以 12 月至翌年 4 月为主，4 月时最多。

而北京之所以屡受风沙侵扰，最直接的原因便是塞罕坝地区已经彻底荒漠化了，一片土黄、了无生机。塞罕坝的老人回忆往昔时，常常吟诵的一句诗“飞鸟无栖树，黄沙遮天日”，描述的就是当时坝上的情景。

这样的塞罕坝，不仅无法扼住风沙南下的咽喉，反而成了沙漠不断扩大的“快车道”。

彼时，内蒙古高原大漠横亘、沙海相连，世界著名的巴丹吉林、腾格里、乌兰布和、库布齐沙漠，以及毛乌素、浑善达克、科尔沁沙地，呈扇形围聚，形成 3000 多公里的风沙线，居高临下“虎视”北京。

在北京东北方向，与北京直线距离只有180公里的浑善达克沙地，海拔1400米左右，而北京海拔仅40米左右。有人形容，如果这个离北京最近的沙源堵不住，那就是站在屋顶上向场院里扬沙。处在低位的北京，毫无招架之力。

当时有专家测算，如不尽快进行治理，浑善达克、巴丹吉林等沙漠将继续南侵，不出50年，漠北风沙就将兵临北京城下。那时候就不单单是风沙弥漫了，迎来的将会是沙化的北京，届时，中华人民共和国的首都将变成一个不适宜人类生存的地方！

如果想要挡住从浑善达克、巴丹吉林等地向北京吹来的风沙，就要在其中间地区找到“一扇大门”，将大门牢牢关严，阻隔风沙。而在浑善达克沙地与华北平原之间，确实存在“一扇大门”，这扇门就是塞罕坝。

在塞罕坝还是木兰围场的时候，“落叶松万株成林，望之如一线，游骑蚁行，寸人豆马，不足拟之”。但到了20世纪60年代，塞罕坝的森林荡然无存，无法再阻挡风沙的入侵。

虽然当时塞罕坝地区也有围场县人民政府所属的大唤起林场、阴河林场和承德专署塞罕坝林场，经营着24万亩以白桦、山杨为主的天然次生林，但由于天气恶劣、技术人员短缺，造林成活率极低。

王焕忠是1957年到红泉沟牧场的，红泉沟牧场就是现在的御道口牧场，那时是农业部办的。红泉沟牧场是 1950 年成立的，那会儿农业部是农林牧副渔在一起，农业部第一位一把手是董必武，剩下的五个职位都是副部长。主抓林业的是刘琨，主抓农业的是张海哲。机构是农业部办的，没有这个牧场，机械林场就不存在，因为机械林场的地方都是在红泉沟牧场管辖内的。

当初，机械林场由武工队管着，1958 年才建羊场，那时三道河口叫三间房，因为就有草房三间。王焕忠那会儿岁数小，19 岁的时候就当上了管理员。

“1958 年三道河口主要的任务就是开荒，那会儿咱们羊场开了 800 多亩地，燕子窑开了 1000 多亩地。为什么要开这个地呢？原因就是要种粮食，场子得自己解决人和牲口的粮食问题。那平地翻出来的土黑得不得了，沙化都是后来一年一年从西边刮过来的沙子，当时三道河口挖地一尺下都是黑土，土壤条件特别好，草长得特别高。我们翻地的时候怎么翻呢？我告诉你啊，这是窍门。这是谁出的主意呢？王贵，他是在苏联留过学的，是部队的，那会儿是牧场的机务队队长。翻地的时候不管是什么时间，都得先泼汽油，把草点着了以后，等草烧完了我们拖拉机才能进去开地，要不根本就开不进去。没事的时候就我们下河抬鱼，就那细鳞鱼都拿褥单子下去抬去，鱼多得很。褥单子就领导有，我们根本就没有，把机务队长那褥单子拽下来，绑上棍子，一抬就是一堆啊，我们在羊场和燕子窑开了一个半月地，基本上

刘琨

天天吃鱼。”王焕忠笑着说道。

经营了没几年，树怎么种也种不活，几个林场的领导和员工也就泄了气，如果无法解决外调苗木在当地高寒、高海拔地区成活的问题，再怎么种下去，塞罕坝上也不会种出大片树林来：人怎么斗得过天呢？有林场负责人向当地政府请辞，让林场早日解散，让员工早点回家，莫要在此继续做无用功了！

然而，如果就此放弃，按照塞罕坝当时所有的稀疏的植被，相对于肆虐的风沙，这面脆弱的屏障无异于螳臂当车。

就在几个林场纷纷表示无力经营的时候，1961 年着了一场火。这场大火是牛刚在五一牧场放的，这把火在全国来说都是很少见的。领王焕忠等上山打火的叫王琛，一个县团级干部，是中央党校的，岁数很小。当时火太大了，人根本上不了前。因为有 1961 年的这场大火，七八月份刚开始，农业部就来人了，北京也来人考察。塞罕坝迎来了一个至关重要的人物。而他的出现，彻底改变了塞罕坝的命运。

1961 年春天，一辆吉普车载着时任国家林业部国营林场管理局副局长的刘琨同志驶进了中国林业部的大门。林业部部长紧急召见刘琨，自然是为了植树造林、防风固沙的问题。

此次会面，林业部部长主要是向刘琨传达国务院的相关会议精神。北京地区风沙肆虐，社会生态环境和人民生活环境都受到了严重威胁。党中央和国务院对此十分关注，特授命林业部在北京上游风口地区开展防风治沙、建设绿色屏障的工程。

而防风治沙的最佳地点，正是塞罕坝。林业部经过研究决定，派遣经验丰富的刘琨同志带队，前往塞罕坝探查，并开展植树造林、防风治沙的工作。

这一年，刘琨同志正好从张家口市的张北、康保、崇礼等县到承德市的隆化、围场县考察国营林场建设。

几家林场负责人由于工作开展不顺利，希望林场“下马”的声音自然也传到了他的耳朵，刘琨两眼一瞪：“共产党员为群众谋福利，上管天，下管地，中间还得管空气。连个林子都管不了，怎么为老百姓服务？”

众人听后皆是哈哈一笑。

其实，对于北京面临的荒漠化风险，中央主要领导早已有了清醒的认识，“在北京上游风口防风治沙，打一场建设绿色屏障的硬仗”是保卫华北的唯一出路。1960 年冬天，在保定市易县召开的河北省林业工作会议上，林业部副部长惠中权已经提出，要在河北北部建立大型机械林场。

惠中权是林业战线上的老人儿，中华人民共和国成立后，他任西北军政委员会农林部部长，主持成立了榆林地区防沙造林局，营造防护林，取得了一系列防风固沙经验。可以说，他上得国家领导信任，下得老百姓信服。

在这次会议上，时任承德专署林业局局长刘文仕更是直接建议，把机械林场建在围场县的坝上地区。

东北望，是坝上。听大家诉了这么多苦，塞罕坝上到底是个什么情况，刘琨决定亲自上去会它一会。没几天，在寒风嚎叫、大雪横行之际，刘琨带领着一队踏察组，踏上了寻找塞罕坝新生的旅程。

10 月末的塞罕坝，风寒刺骨，雪花飞舞。刘琨和几名考察队员坐着汽车，轧着地上厚厚的积雪，慢慢地向塞罕坝前行，生怕一个不小心汽车就滑出去。

从围场县城到坝上地区全都是爬坡路段，想要从围场去塞罕坝只有一条小山路可以走。由于道路崎岖、积雪较深，汽车开足了马力也只是“龟速”前行。眼见前方道路更加危险，在距离塞罕坝还有一段距离的地方，刘琨就招呼大家一起下车，改骑矮马上坝。

刘琨一行人每天只能吃一些莜面和咸菜，他们冒着 -40℃的低温，不停奔走，只有动起来，身体才会暖和一些。就这样，从坝上西部的三道河口，走到东部的北曼甸，刘琨一行人一直在寻找植物生存的痕迹。

在探查过程中，刘琨一行人眼见的全是一片片的衰草和雪原，在沙地上根本没有一棵树。除探查队的成员外，连一个人影都看不到，荒凉的景象让人心生寒意。

在途中，他们遇到一座小庙，叫石庙子。这座石庙由十三块削磨见方的石头砌成，高约两米，面宽近一米二，进深一米。庙内有一尊佛像，身披红色袈裟，其旁有两名小童侍立。小童身穿满族官服。在庙门两旁，还刻有一副对联，上联是“清得道千秋不朽”，下联是“塞北佛万古流芳”，横批则是“英灵千古”。

当地随行的一位同志向刘琨介绍起了这座庙的典故。传说，有一年康熙皇帝来木兰围场秋狝，突然间乌云密布，风雨大作。侍从请求皇帝回跸，康熙却说：“不能走，别说下暴雨，就是下红雨也不能回跸！”谁想到皇帝话音刚落，风雨停止，不一会儿，天上的云变成了赭红色，果真下起红雨来。

面对眼前景象，康熙帝颇为惊讶，心里想：此种情景，莫非是神灵显圣？正当皇帝疑惑不解之时，一只长着三条腿的金蟾从路边跳了出来，向康熙帝点头示意。康熙帝连忙下马，对金蟾说道：“蟾师放心，既然来讨封，朕就封你为‘塞北佛’吧。”康熙帝说完，天上的云雾便倏而消散，变得澄澈如洗。

听完这个传说，刘琨哈哈一笑，幽默地说：“这个皇帝不懂科学，破坏森林，自作自受。如果我们植树造林成功，改变了气候，我们林业战士就是‘塞北佛’。”

虽然刘琨时不时地和大家拉拉家常、开开玩笑，让考察的这一路“苦旅”多一点轻松的气氛，但所有人都明白这趟行程不光异常艰苦，更是任务重大：只要在这片荒凉的雪原上找到生命的迹象，论证出大规模植树造林具有可行性，那么北京城就有救了！

他们一口气跑了五道梁、五条沟，然而，除了塞罕坝漫天齐吼的黄沙与风雪，专家组没有找到任何有价值的东西。越往荒原深处行进，心里的热情之火就越微弱。

第一天，一无所获！

第二天，还是一无所获！

两天持续不断地奔走，让大家精疲力竭。在这片人迹罕至的荒原上，真的有生命迹象存在吗？越来越多的人开始思考这个问题。刘琨也有怀疑，但他心中的信念却从未有过动摇。他依然用幽默的语气与大家交谈，想要以此来调动大家的积极性，但面对茫茫荒原，没有一个人还能笑得出来。

漫天黄沙，不见树木，连个树根都没见到，这真的是历史上的“千里松林”吗？有的专家开始动摇了：上百年的滥伐已经彻底破坏了塞罕坝，当年那个“皇家猎场”只能永远地存在于史书之中，“要想在这里大规模植树造林，怕是异想天开”。

有一名专家找到了刘琨，说：“老刘，考察了这几天，该去的地方基本都去了，也没见到几个有用的东西。再说当地那几个小林场，造了几年林也造不出个气候来，这个地方怕是真要完了。

要不咱们回去后提提建议，再另找一个条件好点的地方造林？”

听了这番话，刘琨不禁深锁眉头，沉默了几秒钟，只是轻轻说了句：“再多看看吧。”

专家所说的话不无道理，不要说在这里大面积种植树木，就是栽上一两棵树木，派出专人养护，都不一定养得活。虽然国家给下达了任务，但塞罕坝的现状实在是太残酷了。

事实上，刘琨心中的压力比谁都要大：林业部已经提出要在河北北部建立一个大型国有林场，从地理位置上来讲，塞罕坝无疑是最合适、最有可能获事半功倍之效的地方，若把林场换到别的地方，不知要多付出多少的人力和物力。

国家刚刚从“三年自然灾害”中挣扎过来，好不容易得到缓一口气、休养生息的机会，每多投入一份人力物力，就相当于从本就饿得皮包骨头的人民手里夺食。最好还是能在塞罕坝建林场，但这需要能证明这一方案可行性的直接证据啊……

在塞罕坝建林场，困难确实很大，但如果找不到塞罕坝仍然有存活的树木这一有利证据，根本连希望也没有。刘琨根本没有时间去考虑以后在塞罕坝建设林场的困难有多大，现在他心里所想的就是一定要找到塞罕坝之中的生命痕迹。

不达目的不罢休，刘琨决定一根筋地走到头。

眼看领导是一根筋，抱定了要为华北看住风沙大门的决心，所有人又再次打起了精神，就像刘琨说的，起码要“再多看看”。风沙迷茫中，这支身负历史重任的小队，再度艰难地打马前行。

在雪地里摸爬滚打的第三天，转机终于出现了。探查组行走至塞罕坝与赤峰的交界处时，正好刮起了一阵狂风，沙砾和雪花交织着扑面而来，众人纷纷低下头护住了脸部。走了没几步，不知是谁突然大喊了一句：“你们看！”

众人纷纷抬起头来，眼睛瞬间亮了：在荒无人烟的荒漠上，突兀地耸立着一棵松树！探查组立时欢呼起来。他们奔跑着、呼叫着，冲向大树，紧紧地把它抱在怀里。

奇迹啊！刘琨仔细研究着它，仿若研究外星物种，不晓得它是怎样一下子出现在了他面前。他默默抚摸着树干，泪水止不住地流，他哽咽着说：“这棵落叶松少说有 150 年，它是历史的见证、活的标本，证明塞罕坝上可以长出参天大树。今天有一棵松，明天就会有亿万棵松。”

刘琨的兴奋溢于言表，对于他来说，如果在塞罕坝没有发现生命迹象，建林场这件事就会成为天方夜谭。

现在，有了树，就有了希望——在坝上高寒地区也可以长出绿树来！这孤傲的一棵松，后来被塞罕坝人称为“功勋树”，目前树龄已超过 200 岁。

带着这些发现，刘琨等人回京汇报。经过反复论证，林业部

一棵松

认为可以进行大面积造林，决定在塞罕坝建一座现代化的国营机械林场，既可作为用材林基地，又可防风固沙，涵养和保护京津人民赖以生存的水源。

1962 年 2 月，林业部下达林造国惠字第 12 号文件《关于河北省承德专区围场县建立林业部直属机械林场的通知》，将原来隶属于围场县的阴河林场、大唤起林场和承德塞罕坝机械林场合并，正式成立了林业部直属的塞罕坝机械林场。

对于这个林场，林业部确立了四项建场任务：

1. 建成华北大面积用材林基地，生产中小径级用材；

2. 改变当地自然气候，保持水土，为改变京津地带风沙危害创造条件；

3. 研究积累高寒地区大面积造林和育林的经验；

4. 研究积累大型国有机械林场经营管理的经验。

随后，原国家计划委员会以共和国的名义发出号召，呼吁一批有知识、有担当、有抱负的青年林业人到塞罕坝。数百名热血青年响应祖国号召、紧急上坝，当地干部群众在其带领下拉开了与自然抗争的序幕，也拉开了创造荒原变林海的人间奇迹的序幕。

对于塞罕坝来说，刘琨是一个不可不提的名字。没有他，就没有如今宏伟壮观的百万亩人工绿海，就没有防风固沙、涵养水

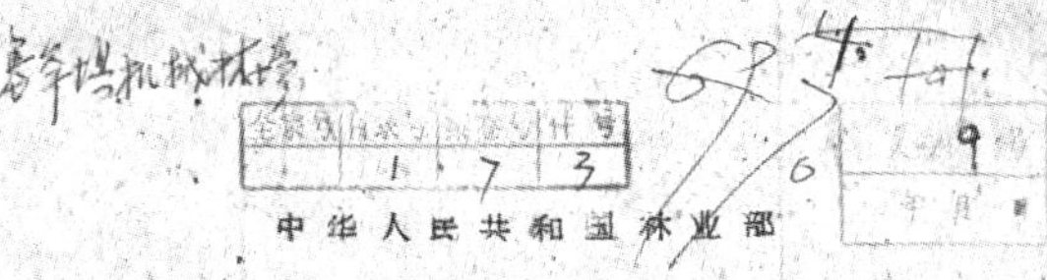

中华人民共和国林业部

关于在河北省承德专区围場县建立林业部直属机械林場的通知

(62)林造国惠字第12号

河北省承德专署、河北省围場县人民委员会：

为了尽快的在围場县坝上地区建成大面积用材林基地，同时，比较系统地积累国营林場的经营管理经验，以指导各地国营林場的工作，经过我部与河北省各级有关领导研究，决定将原属承德专署领导的塞罕坝机械林場和原属围場县领导的阴河林場、大唤起林場合併成为一个林場，正式命名为"中华人民共和国林业部承德塞罕坝机械林場"。其领导关系采取林业部与承德专署双重领导，具体分工如下：

一、林业部负责計划、投资，国拨物资的供应；地方负责党政领导，地方物资的供应。

二、该場领导干部的調配，林业部与承德专署协商解决，由林业部統一任命。

最后，该場印記委托承德专署代制颁发，并請督促该場立即安排今年各項生产任务，正式上报我部。

1962年2月14日

抄送：财政部、国家計委，河北省农林厅，承德专署林业局，承德塞罕坝机械林場、围場县阴河林場，围場县大唤起林場。

林业部关十成立塞罕坝机械林场的通知

源的华北之肺。刘琨之于塞罕坝，正如伯乐之于千里马。

关于刘琨的资料并不多，我们也未能有幸见到这位老革命、资深林业人——2013 年 9 月 15 日，这位走过了 90 年风风雨雨的老人，在京因病去世。从他的讣告中，我们试图了解这位无缘得见的塞罕坝的“伯乐”。

刘琨，原名林治安，1923 年 8 月出生于山东省荣成县杏花口区江林庄一个普通农民家庭，在本乡读小学，青少年时期受进步思想影响，追求革命真理。1940 年 10 月在荣成县青埠乡参加革命工作并加入中国共产党。

在革命战争年代残酷的环境下，他出生入死，同日本侵略者和国民党反动派进行了英勇顽强的斗争。

抗日战争时期，他曾任青埠乡公所自卫团团长、乡党总支委员，东海地委文书科科员，文西县九区区委宣传委员，东海纸厂指导员。他积极宣传中国共产党的抗日主张，积极发展党的组织，团结革命进步力量，积极配合八路军主力部队开展工作。

解放战争时期至中华人民共和国成立初期，曾任东海行政专员专署实业科科员、督察员，胶东支前纵队三大队队长，胶东行署实业处秘书科副科长，滨北专署、胶州行署建设科科长。1947 年，在著名的孟良崮战役和鲁南突围中立功。他积极参加地方政权建设，参与组织领导土地改革，打击还乡团，开展剿灭土匪武

勾画美好蓝图

建场前塞罕坝上的莽莽荒原

装的对敌斗争，为扩大解放区做了大量工作，为中国人民的解放事业和中华人民共和国的成立做出了重要贡献。

1951年11月以后，刘琨同志历任林业部人事处干部科科长，林业部造林司办公室主任、组织生产处处长，林业部造林局副局长、党支部书记，林业部国营林场管理总局副局长，林业部“五七”干校战士、指导员。他深入林业基层调查研究，在河北环境极其艰苦恶劣的风沙地区，筹建了塞罕坝机械林场，为全国的造林绿化事业做了大量工作。

在塞罕坝机械林场的采访过程中，我们常常感到时间紧迫，当年的事件亲历者、见证者正在因为时间的无情流逝而老去、逝去，一个擦肩而过，一段历史就可能尘封，认识一个鲜活灵动的生命的机会也就失去了。

刘琨就是这样一个让我们恨自己太年轻的人，他去世的2013年，我们竟然尚未参加工作，遑论走近塞罕坝的三代务林人。错过即是永远的错过。

收集材料时，有一则新闻报道让我们脑海中的刘琨变得立体、可爱起来，那则报道[1]是这样写的：

[1] 刘琨从林业部副部长任上退休，此为其参加共和国部长义务植树活动时的报道。

2000年3月24日，他和中央国家机关100多名老同志兴致勃勃来到北京密云水库旁，挥锹铲土栽下一棵棵新树。刘琨一边给新栽的树苗浇水一边说：“我当副部长时，栽了不少树，但为了国家建设的需要，砍了很多树，心疼啊！现在老了，要抓紧植树，还上以前的欠账。”他还指着周围的同伴说：“过去植树造林只讲美化环境，现在植树造林重在改善生态，这一变化可以调动各种各样的人。你看，他们来自各行业，但都很热心植树。”一个多小时过去了，老同志们栽下了油松、金丝垂柳、华山松等13种300多棵树。工作人员催促老同志们休息，但大家都不愿离开。“明年我们还会再来！”这是刘琨和老同志们离开时的共同心声。

刘琨对绿色的森林、绿色的文化、绿色的文明有着无比的热爱，对于他一手“栽培”的塞罕坝，更是充满了无限的关怀和喜爱。2002年，塞罕坝林场建场四十周年时，曾编写了一本纪念文集，当时已经退休的刘琨特意为这本书写了序：

绿色，是生命的源泉，没有绿色，哪有人类的今天。随着世界经济一体化进程和现代文明步伐的加快，人们越来越意识到，绿色，是社会经济发展的重要基础；绿色，是人类文明的摇篮；绿色，是提高人类生存质量的关键。

多年来，塞罕坝的林业职工，为了绿色文明，为了给人们创造一个如今天这样美好的生存环境，在极其困难的条件下，他们用自己的汗水，甚至是血肉之躯，做出了自己无私的贡献，真的是为了塞罕坝林场“献了青春献终身，献了终身献子孙”，整整用去两代人的青春代价和美好年华，造出了我国目前茫茫的人工林海。

…… ……

我作为当年曾经亲自考察、亲自选址，并参与决策要在塞罕坝建林场的老林业工作者，看到今天涛涛的林海……心中感到无比的喜悦和欣慰。

1997 年，是刘琨从林业工作岗位上退下来后第一次上塞罕坝。当时他表示以后每隔两年上塞罕坝一趟。1999 年 7 月末参与接待的林场职工赵云国回忆：“虽已进入古稀之年，但老部长精神矍铄，身体硬朗，思维敏捷，声音洪亮。”

去看望功勋树时，“刘琨同志默默地站在松树下，他那饱经沧桑的脸显得严肃、自豪、欣慰。人树相映，如同一对曾经患难的朋友在回忆往事。那情那景，令我肃然起敬……许久，我们才告别‘一棵松’。”赵云国说，“路上，他告诉我们，在‘文化大革命’期间，建立塞罕坝机械林场成了他的一大‘罪状’。怪不得每次他到塞罕坝来总要看看‘一棵松’呢！”

2000 年，刘琨老人最后一次上坝，他望着郁郁葱葱的连片树林，久久不愿离去。

2013 年，他走完了 90 年的人生。按照遗愿，家人把他的骨灰撒在了塞罕坝的亮兵台。

附：

绿色之魂

刘 琨

最近，河北省塞罕坝机械林场办公大楼的正面墙壁上，新挂上了国家林业局树立的“再造秀美山川示范教育基地”的铜牌，自此，在落实党中央发出的“再造秀美山川”的伟大号召的实践中，又多了一个让人们学习、借鉴的典范。

四十年前的塞罕坝，就像西北的大戈壁滩，黄沙滚滚，一片荒凉。现在的塞罕坝，林海莽莽，野花芬芳，绿草如茵，百鸟欢唱。在年平均气温只有零下一点九摄氏度、全年无霜期只有五十多天的恶劣自然条件下，塞罕坝林场的职工经过几代人的不懈拼搏，终于把一百多万亩的绿色林海、一个山清水秀的生态旅游胜地，呈献给世人。

塞罕坝人创造了一个绿色奇迹！塞罕坝人创造绿色奇迹靠的是什么？

他们靠的是一种绿色创业精神，即如他们自己总结的“勤俭建场、艰苦创业、科学求实、无私奉献”精神。这是多年来使他们渡过一次次难关、无怨无悔、始终坚持在偏僻荒凉的山区植树造林的强大精神支柱，是塞罕坝人不怕苦、不怕难、永不言败的绿色之魂！

再造秀美山川，就得像塞罕坝人那样，锲而不舍、坚忍不拔，“献了青春献终身，献了终身献子孙”；再造秀美山川，就得像塞罕坝人那样，始终坚持科技兴林，优化树种，反复实践，集体攻关；再造秀美山川，就得像塞罕坝人那样，因地制宜，规划造林，一个山头一个山头地啃，不达目的，决不罢休！

塞罕坝林场正是一个“绿色大课堂”，它的成功实践告诉我们，只要通过艰苦不懈的努力和坚持科技兴林，在生态环境恶劣的西北地区，完全可以实现“再造秀美山川”的伟大目标！

绿色，是地球的生命；绿色，是人类的希望。

在现代文明不断发展和进步的今天，人们越来越意识到，要想求生存、求发展、提高生活质量，就必须发展林业，关注绿色。我们党和国家已经把发展林业、保护环境作为一项基本国策，投入大量资金，加快再造秀美山川的步伐。只要我们按照“三个代表”的要求，同心同德，艰苦奋斗，祖国秀美山川的美好景象，一定会像今日塞罕坝一样，很快变成现实。

“前人栽树，后人乘凉”。今天我们享受的浓绿翳天的森林，是前人对我们的荫庇。我们也要给后人留下更多更好的绿色，让我们人类生存的地球变成最美好的绿色家园！

（原载《人民日报》2002.07.30 第 12 版）

第三章 到塞罕坝去

第三章　到塞罕坝去

塞罕坝与北京的直线距离不足200公里，由于距离京津地区最近，这里也就成了防治京津风沙的最关键屏障。

为了防止浑善达克地区的沙化逼近北京，国家决定在河北北部地区建立大型机械林场。一群平均年龄不到24岁的年轻人集结在塞罕坝，在1962年深秋拉起了在塞罕坝建设大型林场的序幕。

1962年2月14日，农历正月初十，林业部下达《关于在河北省承德专区围场县建立林业部直属机械林场的通知》，决定将原属承德专署领导的塞罕坝机械林场与原属围场县领导的阴河林场、大唤起林场合并成为一个林场，“中华人民共和国林业部承德塞罕坝机械林场”正式成立。

说是正式成立，但面对一个一无所有的荒漠之地，这个林场也只不过是“十几个人来七八条枪”。因此，林业部决定，必须挑选一支精锐的队伍，来组成新生的塞罕坝机械林场的领导班子。

直到 8 月 15 日，塞罕坝机械林场的党政领导班子终于建了起来：王尚海任党委书记，刘文仕、王福明任常委，贾宝珍、高勇任委员；刘文仕任场长，王福明、张启恩任副场长。

王尚海，40 岁，调任前是承德专署农业局局长，年轻时就参加了革命，抗战时期担任游击队长，中华人民共和国成立后曾担任围场县第一任县委书记，是久经考验的老革命。

刘文仕，35 岁，调任前是承德专署林业局局长。他 20 多岁就出任共青团丰宁县青工部部长，30 岁出头就在承德专署林业局任局长，年轻有为。

王福明，从丰宁县调入，担任负责生产、财务的副场长，为人耿直好强。

张启恩，42 岁，调任前是林业部的工程师。他 24 岁毕业于北京大学农学院林学系，是当之无愧的“天之骄子”。

…… ……

“机械林场开业典礼是 1962 年六七月份，到位庆祝的就是原来小机械林场的老人。牧场去了二十多人，我们给杀了五只羊带去的，他们几个杀了一头猪。刘文仕是最年轻的干部，那会儿他是很有名气的。牧场给了机械林场五匹马，这是当作贺礼给的，就是兄弟单位。”庆祝完了，大家回去就开始划边界。河北

承德农业专科学校部分学生合影（1962 年 5 月 1 日摄）

东北林学院林学 58 级 4 班同学合影（1960 年 4 月摄）

省、内蒙古自治区、辽宁省（当时赤峰属辽宁）这三省六个县需要重新划定边界，成立了机械林场后，赤峰才被划给内蒙古自治区。

“1962 年夏天我们 24 个人去划边界，会骑马的都骑马，不会骑马的就坐拖拉机。走到哪儿就在哪儿搭个帐篷住，用大皮袄一盖就睡，有人家的地方我们就掏点钱（让人家）给我们做点儿饭。整个边界我们都转下来，整个转了两个月零三天，我们的起点是九区的何家湾，最后转到咱们自己这里，外围转完了就让人家回去了。这些汇总完了，就拿到省里面绘图，绘图得通过军委会，有的地名得跟部队的一致，特别是吐鲁根河。”

对于最早在塞罕坝地区建设林场的人来说，1962 年的春天是难忘的。在赵振宇老人的记忆中，这一年的春天格外热闹。

这一年，他和 300 多名学生、工人来到了塞罕坝。这些学生和工人来自全国 19 个省份，平均年龄不到 24 岁。对于一些来自南方省份的人来说，塞罕坝就好像是一个“冰雪魔窟”，他们想不到，北方的春天竟然如此凄凉、肃杀。

春天毕竟还算是好过的，冬天就难熬了。不仅南方的学生和工人受不了，北方人也很少见到这样苍凉的冬天。冰天雪地、荒无人烟的塞罕坝并没有给这些刚刚到来的建设者好脸色，在第一年冬天里，由于刚刚建场的塞罕坝只有少量房屋，许多人无处栖身。他们有的住在仓库、车库，有的住在马棚、驴棚，还有住不下的，就在外面自己搭窝棚。

除了没地方住，这一大群人吃饭也成了问题。食堂自然是没有的，林场就在院子中支了个棚子，架上了几口大锅，一大群人在外面露天吃饭。场面非常壮观，但感觉有苦难言。林场最初的建设者们能吃上盐水煮麦粒，都是一种奢侈的享受。而盐水泡黄豆，则更是难得一见的美味。这只是艰难困苦生活的开始，在往后的日子中，更多的痛苦磨难还在等着他们。

在以后几十年的塞罕坝岁月里，他们有的摔断腿留下了终身残疾，有的被错划成右派饱受精神上的侮辱，有的偕全家上坝却断送了孩子求学工作的机会，有的积劳成疾，将生命留在了塞罕坝……

在现在来看，这样的结局或许在他们登上塞罕坝的那一刻便已经注定。一片与世隔绝的荒漠、一份缺少乐趣的生活、一个遥遥无期的事业，哪怕是今日的塞罕坝已成为世界生态文明建设的范例和全国人民争相学习的精神丰碑，他们也没能目睹。

当时的他们，听到祖国的召唤，就要毫不犹豫地听从。那一次他们是这样做的，如果重新选择一次、十次甚至百次、千次，我们相信，怀抱赤子之心他们一定会做出同样的决定。

1958 级东北林学院（**现东北林业大学**）学生毕业时，正好是塞罕坝林场建设初期。时任院长刘成栋鼓励学生们前往塞罕坝，将在学校学到的知识，运用到祖国建设之中。

1962 年，以林科为优势的东北林学院为塞罕坝派出 47 名优秀学子，他们成了塞罕坝第一批建设者中的中流砥柱。

当接到建设塞罕坝林场任务的通知时，东北林学院的学子顿时沸腾了。在当时，升官发财并不是学子们追求的目标，祖国的需要才是学习的目的。东林学子在明白祖国的需要后，毅然踏上了建设塞罕坝的征程。

吕秉臣就是一个“东林人”，谈到去塞罕坝建设林场，他说道:“我个人是渺小的，但是在这个集体里，我做了一件大事，‘东林人’做了一件大事。”

塞罕坝精神中有“东林人”的艰苦奋斗和无私奉献，他们中很多人在这里奋斗了一生，守护着自己辛辛苦苦培植起来的每一棵树。也有的人转战祖国的各个地区，继续为生态文明建设贡献自己的力量，塞罕坝精神也被他们带到了祖国各地。

1962 年 8 月，天气已渐渐凉下来，16 岁的尹桂芝心里却有隐隐的燥热，但更多是对命运的恼怒和抱怨。

大专生毕业分配的时间早就已经过了，但刚刚从承德农业专科学校毕业的尹桂芝，却没有像自己的师兄师姐一样被安排一份安稳、体面的工作。8 月底，她和同一届的同学依旧待在学校里，常常为自己没有任何着落的工作而发愁。

“难道要回老家种地吗？”

“那我何苦跑到承德来上学？”

“毕业了却没分配工作，回家也要被人看不起！”

“刚挨过了饥肠辘辘的三年，又迎来饥肠辘辘的未来，我咋这么命苦……”

在那段时间和接下去的几年里，尹桂芝常常觉得自己是个倒霉蛋，总是在人生关键的时刻被命运开上一个不大不小的玩笑。

在学校读书的日子，尹桂芝恰好赶上了“三年困难时期”。

那几年里，由于经济工作中的“左”倾错误和自然灾害，国民经济出现了长达三年的严重困难局面，尤其是与普通群众生活相关的农业和轻工业，出现了全国性的供需失衡。

本以为进了学校就可以安心读书、衣食无忧的尹桂芝，也不得不像那个年代的绝大多数人一样，每天都处于饥饿和半饥饿的边缘。

终于熬到了毕业，国家的困难情况也开始慢慢好转，尹桂芝以为命运终于开始向自己微笑。不曾想，这个微笑依旧带着一丝戏谑的味道。

为了纠正“左”倾的经济路线，解决由此带来的国民经济比例严重失调、市场供应紧张、粮食缺乏等问题，1960 年冬，党中央决定对国民经济实行“调整、巩固、充实、提高”的方针，并经 1961 年 1 月党的八届九中全会正式通过。后来，中央又多次召开会议，进一步制定了一系列的政策和措施，对国民经济进行了坚决的全面的调整。

对于这个8字方针，当时的尹桂芝还不能完全搞清楚它的含义和影响，她只牢牢记住了一条：国家暂时不给自己分配工作了。

和尹桂芝一样，同届的学生全部陷入了对未来的迷茫和疑虑之中：好不容易念完了书，难道要当成没念一样回家种地吗？

直到9月的一天，一位叫刘文仕的中年男干部来学校招聘，说国家林业部在塞罕坝成立了一家林业部直属的单位，叫塞罕坝机械林场。这个林场不仅行政级别高，还是个铁饭碗，现在正是急需用人的时候，对承德农专的毕业生们来说，这可是个千载难逢的机会。

塞罕坝？尹桂芝是承德围场县人，知道这是个黄沙漫天、寒冷艰苦的地方，跟市里的环境有天壤之别。大专毕业生按理该领上商品粮了，但那里恐怕连一粒粮食都没有。

“塞罕坝林场生活条件是差一点，工作估计也轻松不了，但总归能够解决一份工作啊，你说是不是？”同班同学劝尹桂芝。

“说得也有道理，我再想想。”尹桂芝毕竟是全班年龄最小的人，只有16岁，面对人生抉择，她有些茫然。

在哈尔滨，东北林学院1958级的李桂生和他的同学们也面临着毕业。塞罕坝机械林场建场的消息传到了东林，祖国的呼唤传到了东林，学生们沸腾了。

在这所建立于 1952 年的以林业为专长的大学，学生们一直以来被灌输的就是“祖国的需要就是东林学子奋斗的目标”这一理念。

毕业典礼上，时任院长刘成栋激情昂扬地鼓励学生们：“人在 35 岁之前一定要有点作为！”

28 岁的李桂生已经暗自在心里决定：去塞罕坝。

因为年纪比同学们大一些，他一直是班里的老大哥，辛苦劳累的事情，他一直是一马当先的。

回到家，李桂生将上坝的决定跟家里人一说，母亲第一个跳出来反对。

“塞罕坝是什么地方？听都没听过！跟哈尔滨能比吗？你去了，就得当一辈子农民，这大学不就白上了？”

父亲抽着烟，皱着眉，沉默了许久，从柜子里拿出半瓶白酒，说：“来，咱爷儿俩今天得好好唠唠。”

李桂生心想，这事看来有转圜的余地。

李桂生是家里兄妹中唯一读了大学的人，他当时已经被分配到林业部下属的科研单位，终于有能力让年逾七十的老父母过上好日子。要放弃这来之不易的生活，李桂生知道，母亲绝不会松口，不是老母亲怕苦怕累，她都受了大半辈子苦了，对她而言日子不会更艰苦了。她是怕李桂生吃苦啊，好不容易端上了铁饭碗，却偏要去鸟不拉屎的地方当农民！

所以，必须从父亲那里撕开一条口子。

他跟父亲说：“跟环境恶劣、交通闭塞的塞罕坝相比，哈尔滨当然是好得像天堂一样。我知道，家里供我上大学，希望我有出息，但我是一名共产党员啊，我们这一届一百多人，只有 6 个党员，这个时候要是我退缩了，让其他党员怎么看？让其他同学怎么看？要是党员都不响应党和国家的号召，那还能干成什么事业呀？

“况且，前两年全国都在搞干部下放，城里面的干部都要到工厂、农村参加体力劳动，进行劳动锻炼，这是国家大的趋势，不可能因为我是大学生，就让我在城里头当‘官老爷’，这样的想法是非常错误的。”

李桂生这话倒是分析得没错。

毛主席充分估计到了官僚主义的严重危害，把反对官僚主义当成贯彻群众路线、密切党群关系和巩固社会主义制度的根本问题。1958 年，中共中央就曾发出《关于下放干部进行劳动锻炼的指示》，号召干部队伍中的年轻干部，到工厂、农村去参加体力劳动，到基层去参加实际工作。虽然到 1960 年干部大批下放农村劳动终止了，代之以支援农业等名义到农村短期劳动，但从这种历史趋势看，读了大学当了干部就想脱离体力劳动，这是不允许的。

“再说，我是学林业的，去建设林场，不正是学有所用吗？”

说了许多话，酒过三巡，父亲借着酒意，自言自语地说：“如今你也长大了，自己的路自己选吧。”

李桂生知道，父亲这算是同意了。

1962 年的夏末秋初，从承德往围场县的土路上，难得地出现了好几辆解放牌大卡车，上面拥坐着几十个青年学生。周边村屯里的老百姓都好奇地来围观。

就是这个已经有点冷的季节，尹桂芝和她的同学一共 48 人，东北林学院的 47 名毕业生，以及白城林业机械化学校的 27 名毕业生一起踏上了前往塞罕坝的路程。

刘文仕曾回忆说：“1962 年秋至第二年春天，建设者们陆续来到塞罕坝，东北林学院、白城林业机械化学校、承德农业专科学校的毕业生，从国家林业局和承德当地抽调的技术人员加上坝上原有的职工，300 多人的建设队伍就这样组建起来了。”

这也是塞罕坝机械林场的第一批建设者，在这些人当中，东北林学院的 47 名学生，是真正的学习林学专业的本科毕业生。对于刘文仕来说，这些东北林学院的毕业生是塞罕坝建设的“希望之星”。

以当时的交通运输条件而言，东北林学院的 47 名毕业生想

白城林机校 62 级 1 班合影（1963 年 1 月 7 日摄）

白城林机校 62 级 2 班合影（1963 年 1 月 15 日摄）

要去塞罕坝，首先需要坐火车从哈尔滨出发，然后在北京倒车前往承德，到了承德还需要搭乘汽车前往围场地区。

现在的围场地区到塞罕坝机械林场的直线距离差不多有 60 公里，但实际行车距离将近 90 公里。熟悉道路的司机开车，大概要用 40 分钟时间。如果对道路不熟悉，可能要浪费很多时间才能到达塞罕坝机械林场。

在当时，47 位东林毕业生在布满沙土的盘山路上，颠簸了近 9 个小时，才抵达塞罕坝林场。除要忍受道路颠簸外，东林毕业生们还需要适应中耳内外气压不平衡所造成的疼痛感。这是因为到了坝上地区，海拔上升了 1000 多米，对气压变化敏感的人，会感觉到不舒服。在塞罕坝地区居住的人，心脑血管疾病的发病率较高，也与这种海拔变化有关。

50 多年后回忆起这段路程，尹桂芝形容："一路上尘土飞扬，我们谁张嘴说句话，就吃一嘴的土。刚上车大家还聊天，后来大家都索性闭嘴不说话，只盼着快点到。"

现在，高速公路已经通到围场县城，到塞罕坝也铺了平整的柏油公路。饶是这样，我们去采访时，从围场县城到坝上开车也花了四五十分钟，而且，随着海拔的上升，耳朵因气压变化而变得明显有点难受，不得不猛咽几口唾沫，才能听清周围人说话的声音。

从哈尔滨过来的东林学子对寒冷的抵抗力较强，但依然对塞罕坝地区的恶劣条件感到惊讶。在围场县城，放眼望去，整条大街上只有一座残破的两层小楼，居住条件非常差，东林学子们调侃它为“鸟笼子”。

从围场前往塞罕坝的道路在夏天还能勉强通行，到了冬天，想要出入，必须赶在下雪之前。一旦大雪封山，想出的出不去，想进的也进不来。

为了让这些刚刚毕业的大学生少吃点苦，林场场长刘文仕将他们安排在了大唤起林场和阴河林场。相比于其他林场，这两处的居住条件相对较好。毕竟是刚刚来到这个苦寒之地，刘文仕想多给这些毕业生们一些时间来适应当地的环境。

大约在一个月之后，47 名东林毕业生被分散分配到了各个不同的岗位，有的人负责育苗，有的人主攻抚育，还有的人主管苗木运输。这些东林毕业生在塞罕坝开始了正式的工作和生活。

在当地人眼中，这些来自外地的毕业生一个个出落得干净利索，懂礼貌，爱劳动。知道他们是来建设塞罕坝林场的，当地的老乡们表现得格外热情。遇到脏活累活，当地人会抢着干，看到学生们伤了病了，也会格外地心疼。

当老乡为学生们送上山货和自制的粉条时，学生们一直都不收，因为组织上有纪律，不让收受群众的一针一线。看到学生们如此“见外”，老乡们便拉着他们往家中做客，不能收东西，吃点热腾腾的农家饭总是可以的吧！一顿顿热腾腾的农家饭，拉近了东林学子与老乡之间的距离。

高瑞霞是在中间人的介绍下认识的李信，这位容貌英俊的大学生让高瑞霞倾心不已。在相识之后，两人的感情迅速升温，当年就结成了夫妇。在之后的日子里，每当李信前往东北去调运种子，高瑞霞就自己在家带孩子。

作为林场建设者的家属，高瑞霞也自觉加入林场的建设工作中。除平日里需要教育子女、操持家务外，高瑞霞会和丈夫一起参与林业劳动，许多苗圃作业、树木抚育的工作她都得心应手。不仅是高瑞霞，许多林场建设者的家属都加入到了林场的建设工作中。

葛清晨因为妻子怀孕，所以比同学们晚一年到塞罕坝。在妻子生产之后，由于坝上的条件没法让孩子度过哺乳期，夫妻二人只得将还在吃奶的孩子交给母亲在老家照顾。1964 年，葛清晨的第二个孩子在塞罕坝出生，因为缺乏营养，孩子的身材有些矮小。为了让孩子营养能跟上，他只得到老乡家去买冻的牛奶坨。为了建设林场，许多人都像葛清晨一样，将家庭放在了第二位。

由于东林学院的 47 名毕业生被分配到了不同的工作岗位上，加之居住地之间交通不便，除工作以外，他们很少能聚到一起交流。总厂的葛清晨家是不少东林学子的聚会地点。一次，他准备用高压锅做一些牛肉土豆来招呼同学们，由于过于心急，还没等泄压，锅盖就被打开了，牛肉和土豆加上汤汁喷洒得到处都是。即使如此，大家依然吃得十分尽兴。这种聚会经历对于当时的东林学子来说弥足珍贵。

葛清晨在林场中做过多种不同的工作，围绕着林业，他做过造林设计，做过公路维修，做过财务计划，还担任过林产业经营的管理者。这个土生土长的黑龙江人，将自己的一生都奉献给了塞罕坝。

1969年，林场遭遇雨凇灾害，树木受损严重。在清理受灾林地时，塞罕坝的建设者发现，与其将这些受损的木材烧掉，不如将其利用起来，另外进行加工，创造出更高的利润。

在这种思想指导下，葛清晨从造林设计员岗位被调配到木材加工厂，担任厂长一职。木材加工厂主要生产缝纫机用的缠线木轴芯。从工厂建设到生产销售，所有工作都由工厂自己控制，同时自负盈亏。这些责任全部落在了葛清晨一个人的肩上。

万事开头难，木材厂在起步阶段就遇到了不小的阻力。葛清晨也听到了许多闲言碎语，有人认为他缺少生产经验，有人认为他很快就会放弃这份工作。面对流言，葛清晨选择不理会。由于工厂缺少专业电工和维修工，葛清晨只得自己带领员工架电线，自己修机器。正是在这种一切全靠自己的情况下，葛清晨将木材加工厂慢慢地搞了起来。

在工厂建设过程中，葛清晨多次遇到危险。一次意外事故导致他拇指上留下了永久伤疤，他还在一次维修机床的过程中，险些丢掉了性命。当时机床上的惯性轴由于突然碎裂，带着巨大的冲击力向葛清晨飞来，出于本能，他迅速向一边躲闪，只听“嘭”的一声，葛清晨身后的墙面被砸出了一个大深坑。

如果不是葛清晨躲闪及时，惯性轴就会直接砸在他的脑袋上，那后面的事情就很难想象了。每次谈到这件事，葛清晨都心有余悸。凭着特有的执着，葛清晨把木材加工厂办得有声有色。木材加工厂的年盈利达到 8000 元，这一数字放在当时可以算得上是一个天文数字了。

在当时的塞罕坝林场，像葛清晨这样的东林人还有很多，李兴源就是其中之一。

在工作中，李兴源遇到了和葛清晨同样的问题。由于工厂中使用的锅炉是从苏联进口的，这种锅炉只能烧不低于 5000 大卡的优质煤，但在当时的塞罕坝地区，根本就没有优质煤可烧。

没有优质煤，又不能因此把锅炉废弃掉，李兴源必须想办法解决这个问题。要么找到优质煤，要么对锅炉进行改造。李兴源思虑再三，最终决定采用一个笨拙但是有效的解决方法。

为了提高煤炭的燃烧率，李兴源和同事们采用喷水的方法，利用水泵持续定量对煤炭进行喷水，这样锅炉中的煤炭就能够得到有效燃烧，大大提高了煤炭的利用率。为了让抽水和喷水过程持续不间断，李兴源又进行了一系列实验，解决了这一问题。

潘文霞是在 1969 年来到塞罕坝大唤起林场的，在回忆林场生活时，她说道："那时经常刮风沙，大的时候对面根本看不到人，现在可没那个风沙天了。住上了三室一厅的房子，每天唱歌、跳舞、打太极拳。有付出就有回报，我们现在可享福了。"

现在的福分来源于当年的付出。刚到大唤起林场时，潘文霞主要从事苗圃育苗工作。育苗需要经常为幼苗施粪肥，年轻的潘文霞毫不畏惧地用瓢去舀粪。只是每次吃饭时，面对香喷喷的饭菜，虽然饥肠辘辘，潘文霞却始终提不起兴致。很多时候，她都是上午工作一上午，中午不吃饭，下午接着干。

最初，这种不适应确实让潘文霞感到苦恼，但随着时间的推移，她逐渐适应了。很多时候，育苗施肥需要忙到晚上 10 点多，到家后，筷子还抓在手上，人已经睡着了。丈夫只得小心翼翼地帮潘文霞收拾好碗筷，为她盖上厚厚的棉衣。

塞罕坝野兽非常多，蛇虫鼠蚁更是数不胜数。很多时候，学生们在吃饭时，都会发现身边正趴着一条蛇。比蛇更恐怖的是塞罕坝上的狼。

一次，吕秉臣骑马返回林场，发现前方不远处有一个黑影挡在路中间。吕秉臣马上警觉起来，在这片凉水苗圃，由于位置偏僻，许多老乡圈养的羊都被狼群袭击过，损失很大。

在此之前，吕秉臣并没有在塞罕坝见过狼，但他很了解狼的习性。于是，他挺直腰板，挥舞着马鞭，大声吆喝起来。吆喝了几声后，他发现前面的黑影并没有退去。吕秉臣只得策马扬鞭，进一步制造声势。直到距离黑影仅有四五十米时，站在路中间的狼才跑开。这一经历让吕秉臣始终记忆犹新。

塞罕坝恶劣的自然环境和艰苦的工作条件为东林人制造了不少困难，但面对困难和挑战，东林人并没有退缩。塞罕坝风雪的磨炼使他们褪去稚嫩，成为敢打敢拼的林业工作者。

遥想 50 多年前，这一百余名大专毕业生，不知经历了多少风尘仆仆，才到达围场县，与大唤起林场、阴河林场的 242 名干部职工一起组成了塞罕坝最初的主体创业队伍。

当时年轻的他们，心中满怀着对未来的懵懂和憧憬，更充盈着对党和人民事业的一腔热血。只是年轻的他们并没有想到，他们中的绝大多数人，会把一生都奉献在祖国广袤大地中一个无人知晓的角落，在数十年被人遗忘的岁月里默默耕耘，而等到他们的故事传唱神州大地，能够见证的人竟已是时光的幸运儿。

2018 年元旦，我们第二次采访任仲元老人，是在他位于围场县城的家中。屋内暖气充足，阳光透过窗子打在沙发和地板上，安静祥和。任老的老伴儿王桂侠老人一个劲儿地招呼我们吃瓜子、花生、糖果。在两位老人眼里，我们这两位年轻记者，可不就是孙子孙女辈儿的嘛。

1963 年 5 月，任仲元一如往常地来到承德市工具厂上班。这份检验员的工作，一直让他觉得有点“大材小用”。

任仲元是 1959 年河北工业大学机械制造专业的大学毕业生，在当时那个文盲占据大部分人口、全国每年大学毕业生不过几万人的年代，任仲元是名副其实的“天之骄子”。

但让他没想到的是，刚刚被分配到承德市技工学校当老师没多久，学校便因故停办。随后，任仲元来到了承德市工具厂，做起了检验员的工作。这次来了又没多久，他再次接到了通知：自己被调去了林业部直属塞罕坝机械林场。

接到通知时，任仲元一头雾水：塞罕坝在哪儿？我去了做什么？种树不应该招林学专业的人吗？

结果工具厂厂长一句话就把他噎住了：“塞罕坝机械林场不有个‘机械’吗？你是学机械制造的，就你了！”

回家简单收拾了一下行装，三天后，任仲元带着自己的包裹，花了两块七毛钱，在承德市汽车站买了一张前往围场县的长途汽车票。一路上，任仲元紧紧攥着那份简陋的工作调动通知，生怕林场没接到通知，自己去了口说无凭。

下车后，任仲元一看围场县城，竟都是破破烂烂的平房，只有几座两层小楼，跟鸟笼子一样突兀地立在中间。他问了一圈，竟也没人知道该怎么去塞罕坝。

任仲元的心里直犯嘀咕：坝下的人都不知道怎么上坝，怕是没有路可走。又多问了几个人，才有一位老乡告诉任仲元，可以去县招待所碰碰运气，那里人多且杂，消息最灵通了。

到了招待所，任仲元看见停车场上正停着一辆大卡车，正好是塞罕坝林场的车。任仲元立即一路小跑过去，和司机打了个招呼，拿出工作调动通知书，讲清了自己的情况，这才终于找到了去塞罕坝的门道。

第二天上午 10 点，任仲元坐在卡车的副驾驶座上，同司机一块儿上了坝。虽然已是初夏，但一路上，路边的树干都被一层层雪覆盖着，路上的积雪也仍未完全融化，司机师傅轧着路上的车辙慢慢向前开，融着雪的泥点子不停地溅向道路两侧。

哪怕是五十多年后的今天，任仲元再回忆起当时的场景仍感觉历历在目："真像鲁迅先生说的，'世上本没有路，走的人多了，也便成了路'。塞罕坝也本没有路，一代一代塞罕坝人走上去，也就有了路。"

到了林场后，已是下午两点多钟，食堂的大师傅看他和司机师傅都没吃饭，就下厨又给他们做了点饭。

"结果还没吃完，生产队的马队长就进来了，说正在播种的播种机轴承坏了，问我能修吗。我面条没吃完就开始修，一直到晚上才把轴承修好。”任仲元说，他们这一批人，经常为了干活错过饭点，吃了上顿没下顿是常有的事情。

对于任仲元来说，这第一顿饭、第一趟活，成为他今后人生几十年里越擦越亮的回忆的明珠。回头望去，当时只道是寻常的一个场景，竟成为人生最重要的转折点。如今面对源源不断的媒体采访时，任仲元常常会说起这个故事，“当时真是年轻啊。”这样一句短短的话里，又有多少对人生的感叹？

建场初期，有许多林业、农业机器是进口的，大体上国产机器占一半，进口机器占一半。如从苏联进口的植树机、汽车、联合收割机。匈牙利产的413拖拉机、波兰产的乌尔苏斯轮式拖拉机、中耕除草机等，有些机器的说明书和图纸是俄文的。

那时没有办公室办公桌，这些文件就放在车间的工具箱中，和扳手、榔头等混在一起，工人们有什么技术问题要查找资料，就来找任仲元翻译。没多久文件就沾满了油污。任仲元一看，这不是长久之计，心想应该尽快翻译成中文，这样方便大家查看，也可保存好原件。于是他便自己给自己安排了一个任务——尽快利用业余时间翻成中文。那时哪儿有业余闲暇时间，白天忙于工作，一点空闲没有，只有等晚上没事后才算有点业余时间，可自由支配。那时连煤油也没有，点灯只有拖拉机用的柴油。用柴油做灯烟雾特别大，每天晚上在这种灯下看东西写字弄得鼻孔里全是黑的。

这都不算什么，最大的困难是没有机械方面的专业词典、参考文献等工具书，手里只有一本普通俄华词典和上学时做的俄文版的机床图集，图文并茂，被当作唯一的参考资料。经过几个月的时间，任仲元翻译了手中的五六册俄文技术文件，成为可贵的参考资料，大大方便了工作。

在此过程中，任仲元还发现了原文件中的一些错误和不妥之处，逐一进行了改正，后来实践证明他是正确的。每当想起当年，他就感慨自己真是年轻气盛敢想敢干，连洋教材都敢怀疑。

任仲元后来才知道，林场之前有个修理机器的技术员，但是没干几天就受不了坝上的艰苦，连行李都没拿就走了，所以，他就是这里唯一的技术员了。从那时起，任仲元就下定决心要留在塞罕坝。他说："坝上太需要我了，如果我晚到一天，播种机就停工一天，那得辛苦多少人啊！"

坝上的老人，说起到塞罕坝吃的第一顿饭，一般都记忆犹新，有的吃的是白面条，有的吃的是饺子。饭是好吃，但之所以几十年后还记得这么清楚，是因为之后吃的实在是太差了。

如今的任仲元老人已经80岁了，从塞罕坝机械林场高级工程师的岗位上退下来，也已经快20年了。他回忆说："到塞罕坝之后，第一顿饭就吃的白面条，还给了一小盘腌野韭菜。当时我还心想，林场的伙食挺好，没想到接下来就吃了几十年的黑莜面。”

在头十几年里，塞罕坝人的主要食物就是全麸黑莜面加野菜。由于缺少良好的粮食加工机械，林场的女职工们只能自己支起大锅炒莜麦。

“刚开始吃的时候直拉嗓子，吃了几口就咽不下去了。”任仲元回忆说，“有时吃盐水煮莜麦粒，能吃上点盐水泡黄豆，就是难得的美味了。”

在住房上，林场同样捉襟见肘。尹桂芝第一次看见自己的宿舍时，着实被吓了一跳：门板早已不知所踪，窗户也四面透风，连炕都是湿的。她和另外三名女同志，只好找了一个大板子把门堵上，又在窗户上糊了几张报纸，抱了些干草铺在炕上。夜里不时响起的狼嚎常常让她们惊醒，她们还得赶紧下炕去再把门口堵得结实些。

而相较于女同志，男同志的住宿条件要更差。仓库、车库、马棚已经算是好房间了，剩下的大部分人只能动手搭窝棚，在地下挖一个一米多深的坑，上面再支一个棚顶，抱些杂草铺在顶上，最后找些石块压住茅草不让风吹走。

除了吃住，最让人感到难以忍受的还是塞罕坝极端寒冷的天气。塞罕坝的极端最低气温 -43.3℃，年平均温度 -1.3℃；年均无霜期 64 天。冬季是最难熬的，气温零下 40 多摄氏度，可

塞罕坝创业者曾住过的房子

地窨子

简易草棚

漏风进雨的“豪宅”

谓“滴水成冰”。并且，坝上时时刮起白毛风，猛烈的风裹挟着细碎的雪粒子漫天狂舞，怒号的声音让人心惊胆战，雪粒子吹到人脸上更是生疼！

什么是白毛风？

白毛风是指大风、降温并伴有降雪的天气，在气象上又称“吹雪”或“雪暴”。

出现白毛风时，草原积雪，大风又使地面的雪和云中降下的雪漫天翻卷，地面和天空一片白茫茫，能见度极差。地面被雪覆盖，大风又往往把畜舍刮塌，使牛羊惊群失散，会对畜牧业造成重大灾害，并严重影响交通运输。

据中国科学院治沙队考察研究，当贴地层风速≤ 3 米 / 秒时，地面积雪和沙尘将基本维持稳定；如果风速 >4.1 米 / 秒，地面干松的积雪就会被卷起，使人难以辨别是吹雪还是降雪；当风速超过 6—7 米 / 秒时，大量积雪被卷起，开始形成白毛风天气，如地面无积雪覆盖，则会明显起沙；当风速≥ 10 米 / 秒时，大量的沙尘将卷入高空，使空气变得十分混浊，开始形成扬沙或黄毛风天气；当风速≥ 17 米 / 秒时，部分沙砾将被风吹走，能见度降低到 1 公里以下，天空呈土黄色或红黄色，这就是强烈的沙尘暴天气。

“一年一场风，年始到年终。”这数百名承负着祖国重托的年轻人，第一次面对了塞罕坝的寒冷、荒凉和闭塞，也第一次面

马架子

对了自己内心的彷徨、无助和恐惧。热血青年被当头泼了一桶冰水，美好的憧憬与残酷的现实形成了巨大反差，在无穷无尽的白雪和狂风中，他们的激情也被无情的自然逐日消耗，留给他们面对的，只有日复一日的埋头苦干。

第四章 六女上坝

“我叫陈彦娴，是塞罕坝林场第一批建设者中的一员。此时此刻，我代表三代塞罕坝人来领奖，激动的心情是无法用语言来描述的。

“55 年前，我们 369 个人来到黄沙漫天、草木难生的塞罕坝的时候，平均年龄不到 24 岁。半个多世纪里，前仆后继的我们三代塞罕坝人只做了一件事，那就是一心一意地种树，一心一意地把荒山沙地变成绿水青山。我们为自己能够亲手创造一个绿色奇迹而感到无比自豪!

“中国国家主席习近平称赞塞罕坝是推进生态文明建设的生动范例。在今天的中国，习近平主席说的‘绿水青山就是金山银山’这句话家喻户晓，它通俗而深刻地讲清了人与自然的关系，而塞罕坝的故事印证的也正是这样一个绿色道理。还有许多像塞罕坝一样的绿色奇迹，正在让古老的中国更加生机盎然。就在塞罕坝林场所在的河北省，越来越多的绿色铺满大地。我们相信，种下绿色，就能收获美丽，种下希望，就能收获未来。

“衷心感谢联合国环境署把这个奖项颁发给塞罕坝林场，这将激励我们去创造新的绿色奇迹，也将激励更多的中国人行动起来，争当地球卫士、环保英雄，我们共同的家园一定会在这种激励与行动中更加和谐，更加美丽！”

在肯尼亚首都内罗毕，当年届古稀的陈彦娴代表塞罕坝机械林场，精神矍铄地发表上面这段演讲，联合国环保最高奖项“地球卫士奖”颁奖仪式现场的人们都为她倾倒。

来自世界各地的官员、环保人士与她交谈、合影，白发苍苍的陈彦娴应对自如，落落大方，展现了东方淑女和东方职业女性的独特魅力。

这是陈彦娴第一次去非洲。

经过了十来个小时的长途飞行，刚到内罗毕的时候，陈彦娴相当不习惯当地的饮食，加上晕车让她吐得翻江倒海，每次都吃得很少。但她稍有空闲，就拿出演讲稿进行练习，并虚心地征求别人的意见。

严重的身体不适，并没有影响这位“民间外交家”的气场。不必说她在国际舞台上优雅的谈吐，也不必说她在各种场合与国际友人侃侃而谈，单是与非洲朋友激情起舞的那一刻，她就已经成了“世界网红”。

当地时间 2017 年 12 月 5 日，正在内罗毕举行的第三届联合国环境大会会议间隙，热情好客的非洲朋友，载歌载舞。74

岁的陈彦娴也加入歌舞的行列中去。随着欢快奔放的音乐，陈彦娴踏着节奏激情起舞，赢得各国嘉宾的阵阵喝彩。

“55年前，我的伙伴们到塞罕坝，爬冰卧雪、艰苦创业，那时候激情燃烧。今天，我代表塞罕坝务林人来到内罗毕，参加第三届联合国环境大会，同样激情澎湃。”陈彦娴说。

在这场世界瞩目的演讲的53年前，即将高中毕业的陈彦娴写过一封不长的信，收信人是刘文仕，时任塞罕坝机械林场场长。

这封信，至少改变了6个姑娘的人生轨迹。

信是这样写的：

尊敬的刘文仕场长：

我怀着激动而忐忑的心情给您写这封信。

我是承德市二中学生陈彦娴。我们即将参加高考。

党号召我们毕业生要怀着为实现祖国的社会主义现代化而攀登文化科学高峰的革命理想，做好一颗红心、两种准备，如考上大学，就努力学习，考不上就服从祖国分配，到最需要的地方去。

我和同宿舍的6个姐妹，决定放弃高考，到坝上机械林场，做一名林业战士。就像知识青年的榜样邢燕子、侯隽那样到农村去做社会主义新一代有文化的新农民。到广阔天地去植树造林，与荒漠作斗争，我们坚信人定胜天！像女拖拉机手梁军那样，驾驶着拖拉机，为祖国的建设奉献我们的青春！希望您能接受我们的请求！热切地盼望您的回复！

祝您工作顺利！

此致革命的敬礼！

承德二中学生　陈彦娴

1964 年 6 月 10 日

这封信让这 6 个姑娘成了当地的名人，当时的《承德日报》对此事进行了专门报道。

1964 年那年，陈彦娴正在承德市二中读高中，和甄瑞林、王晚霞、史德荣、李如意、王桂珍住一个宿舍。临近毕业，她们萌发了响应党的号召下乡锻炼的念头。

这里不得不提的，是邢燕子和侯隽。在精神上激励陈彦娴等 6 个年轻姑娘到塞罕坝机械林场的，正是邢燕子和侯隽，而这两个人对我们年轻一代来说，已经颇为陌生。

当时，邢燕子和侯隽是“发愤图强，扎根农村，大办农业”的青年典型，是影响一代人的青年标兵。

在 20 世纪 60 年代那轰轰烈烈的知识青年“上山下乡”运动中，邢燕子、董家耕、侯隽和柴春泽等名字红遍大江南北，他

陈彦娴（左上）、李如意（右上）、王桂珍（左一）、王晚霞（右一）、史德荣（左下）、甄瑞林（右下）

们成为知识青年中的灵魂人物，也成为那个时代的青年标兵和劳模典型。

邢燕子原名邢秀英，1940 年出生，天津市宝坻县人。从小跟爷爷在农村老家长大，父亲是天津市一家工厂的副厂长。1958 年，邢燕子高小毕业后没有回父母所在的天津市区，而是回到家乡宝坻县大中庄乡司家庄村务农，发愤改变家乡的穷貌。在那里，她和农民打成一片，并组织了“邢燕子突击队”，成绩突出。

邢燕子因为成绩优异，曾先后 5 次受到毛泽东的接见，13 次受到周恩来的接见。1960 年 8 月 15 日，《河北日报》以《邢燕子大办农业范例》套红标题报道了邢燕子的事迹。

当时，正值农村遭受天灾人祸最困难的年头，许多回乡知识青年与农民纷纷流入城市躲避饥荒，正需要树立一个“发愤图强，大办农业”的农村青年典型。

1960 年 9 月 20 日，《人民日报》也介绍了邢燕子的事迹，在全国造出空前的宣传声势，各大报纸、电台和《中国青年》《中国妇女》等杂志纷纷报道，连时任全国人大常委会副委员长的郭沫若也写了《邢燕子歌》以推波助澜。

郭沫若写道：

邢燕子，好榜样。

学习王国藩，学习铁姑娘。

全家都在城，自己愿留乡。
园中育幼幼成行，冰上治鱼鱼满网。
天寒地冻，抢种垦荒，
要使石头长出粮。
吃苦在前，享乐在后，
一切工作服从党。
北大洼变成金银窝，
燕子结成队，奋飞过黄河！

侯隽也是下乡知青。她生于1943年，原籍北京。她是那个时代年轻人的精神坐标。

1962年，“大跃进”带来的严重饥荒即将过去，但中国农业经济元气大伤，为此，中央提出“大办农业、大办粮食”的号召。当时只有18岁、刚刚高中毕业的侯隽放弃高考，主动请缨，只身从北京来到天津宝坻县窦家村（今属史各庄乡）安家落户，立志做一个社会主义新型农民。

1963年7月23日，上海制片厂文学部创作员、中国作家协会作家、著名演员赵丹的夫人黄宗英，在《人民日报》上发表了报告文学《特别的姑娘》，介绍了侯隽放弃高考下乡的事迹，侯隽因此和邢燕子一样成为家喻户晓的人物。

黄宗英女士在这篇代表作中这样写道：

侯隽，今年二十岁，家住北京，父亲是工程师，母亲是工会的干部。侯隽的母校是北京良乡中学，六年来她就在“良中”住读，曾因品学兼优获得北京市教育局的奖状。一九六二年，毕业前夕，同学们壮志勃勃，一部分人忙着投考大学，一部分人急着上山下乡回家建设新农村。啊，有谁接触过中学毕业生填写志愿时的心情和眼神吗？如果我是个音乐家或画家，我要呕心沥血去描绘这样的刹那，年轻人的思想里波涛汹涌，万马奔驰，翻腾着整个的世界，有数不清的工作、兴趣、理想吸引着他们，突然，一个最强音出现了，“站出来，任祖国挑选！千条志愿，万条志愿，党的需要是第一志愿。”于是，顷刻间，端端思绪全凝化为一个极为单纯的坚定的信念，一个极为热烈的渴望——到党最需要的地方去，到青年人最应该去的地方去。侯隽就是这样千千万万高中毕业生中的一个，她虽然也曾向往学文学、学历史、学外语、学医护……可是，目前哪里党最需要、哪里青年人最应该去呢——农业战线！侯隽此刻突然觉得自己有了主意了，成熟了，她觉得别的想法都是“小时候想着玩”的往事了，只有“当农民”才是她终身的志愿。无论是和同学们在月光下散步的时候，或倚着课桌凝想的时候，她总是听到党和祖国在召唤，她的眼前总是展现碧绿的田野，金黄的麦浪，总是看见回乡参加生产的先进知识青年邢燕子、王培珍……在向她招手。她也曾犹豫过“我行吗？”接着她又果断地想：行，别人能锻炼出来，我为什么不能？有人说，“农村苦啊！”她想：对，我就是要去吃苦，让我们这一代年轻人把苦吃个干净，用我们的双手和智慧为祖国人民，为后代创造幸福吧。

正是在这样的历史背景下，承德二中一个女生宿舍里的六个年轻姑娘，立志投身火热的革命事业。

可巧，塞罕坝机械林场场长刘文仕是陈彦娴家的邻居。陈彦娴听父亲说起过，塞罕坝林场刚成立不久，机械化造林需要人手。

何不找一找他？

几个姐妹商量后，决定推选文笔最好的陈彦娴给刘文仕场长写一封信，表明决定放弃高考，到塞罕坝植树造林的决心。

六姐妹也没跟家人商量，就把信投进了邮筒。

接下来，就是“漫长”的等待。姑娘们等得焦急，甚至都有些神经质了，一会儿怀疑邮递员忘了开邮筒，一会儿怀疑信在投递过程中丢了，一会儿又怀疑塞罕坝林场不欢迎她们这样的外来户……

一个月过去了，就在六姐妹几乎要放弃的时候，期盼已久的回信忽然就来了。信中明确答复：塞罕坝欢迎她们这样的热血女青年。

这时候，她们才把去坝上的想法告诉了学校和家长。

学校老师们对于憧憬梦想的六位女学生，不仅没有拒绝，还给她们开了欢送会。班主任杨老师还为她们写了一首歌《六女坚决要上坝》，在承德市传唱开来。歌词是这样写的：

六女坚决要上坝，
嘿呦嘿，要上坝！
哪怕它，冰天雪地风沙大，
哪怕它，深山密林无人家。
六女坚决要上坝……

家长们却立刻炸了锅，一致反对，软硬兼施，什么办法都想了，一心要把她们拦下来。

谁知六姐妹铁了心，一定要去坝上，最后家长们也只得妥协。家长们想着，坝上那么苦，这几个娇小姐现在意气风发，吃了苦头肯定就自己乖乖回来了。

“那时候真没太注意苦不苦，心里只有一个念想，就是把树种活，让这片荒漠和沙丘变绿，”陈彦娴回忆道，“现在想起来，那时候还真是挺苦的。看着今天一望无际的林海，所有苦和累都是值得的。是几代塞罕坝人的意志和信念铸就了这片绿色。”

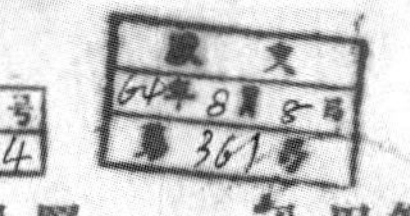

全宗号	目录号	案卷号	件号
	1	17	14

收文
64年8月8日
第361号

62

河北省承德专员公署　　公用箋

塞罕坝国营机械林场：

承德市二中有6名同学，已决定到贵场参加建设，据说他们已和你们联系好了，但我们不知道贵场按中央批准的工人名额是否已满员，还差多少？请将中央批准给你们的工人编制名额和现在的人数以及你们对这6位同学安置意见（包括安置费的开支）速速告诉我们为盼。

此致

敬礼

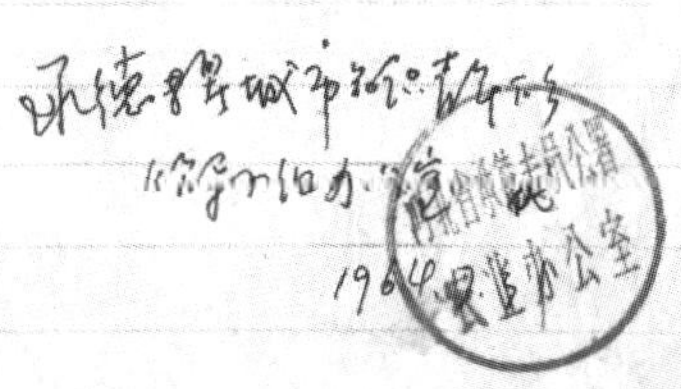

承德专署城市知识青年下乡领导小组办公室

1964年

承德专署城市知识青年下乡领导小组办公室推荐“六女”上坝的公函

陈彦娴老人豪情满怀地说道:“这些年，林场常请我去给新职工做报告，讲我们当年创业的故事。总有年轻人问我，陈阿姨，当年你们就真不觉得苦和累吗？说真的，那时候的人们思想很单纯，没有想什么苦啊累啊的，只是想怎么把党交给的工作干好。”陈彦娴说道，“50 多年过去了，当年的小树都已经长成了大树，当年的茫茫荒原已经变成百万亩林海，我们所有吃过的苦、受过的累、流过的汗水和泪水，都变成了快乐、骄傲和自豪！如果我能重新回到 19 岁，重新选择一次，我还是会毫不犹豫地告诉大家——选择塞罕坝，我无怨无悔！”

六人抛弃大学梦，怀着对林场的远大憧憬，不顾家人反对，要到荒漠无际的塞罕坝机械林场当工人。

1964 年夏末，塞罕坝机械林场的汽车来承德市接“六女”上坝了。汽车是一辆大卡车，还是敞篷的。坐上车的那一刻，六姐妹别提有多兴奋了。

可是越走越荒凉，越走人烟越稀少，刚上车的那股兴奋劲儿就渐渐没了，一个个的心都揪了起来，不知道她们将要去的塞罕坝究竟是怎么样一幅景象。

参加肯尼亚内罗毕的第三届联合国环境大会期间，陈彦娴拿出一张老照片，深情地回忆了那段激情燃烧的艰苦岁月:“这张照片是1964年拍的，最上面那排最左边的那个人就是我。那年我19岁，在承德二中上高三。承德到塞罕坝有200多公里，我们坐汽车颠簸了两天两夜才赶到林场。记得我们吃的第一顿饭，是黑莜面饼和炒蘑菇，这可是当时林场招待客人最好的饭菜了，可我们都觉得有一股怪味，根本咽不下去。那时，人们喝的是雪水、雨水、沟塘子里的水，吃的是黑莜面窝头、土豆和咸菜。偶尔能吃顿黑馒头，就算是改善生活了。”

那时候从承德到围场县还没有公路，都是土路。车开到隆化县的时候，由于下雨冲毁了一座桥梁，无路可走，大家只好寄宿在一个老乡家里。

第二天一早起来继续赶路，直到下午3点才到达围场县城。开车的司机说，天黑前来不及上坝了，于是一行人又住了下来。当时围场县城只有一条街，街上到处是牲畜的粪便，由于刚下过雨，地面上的水与粪便掺和在一起，气味别提有多恶心了，陈彦娴忍不住作了个呕。

翌日一早，六姐妹乘坐的大卡车又上路了。路上越发荒凉，几乎没有行人。司机师傅看出女学生们情绪有点低落，就不断地说：“快了，快了，前面就到了。”然而，那条土路似乎没有个尽头，直到下午3点多，才终于到达了林场总部。

当陈彦娴一行人到了坝上以后，几十里地内都看不到人家，到处都是半人高的野草，到处是沙窝子地。当时刚刚 8 月，她们从承德出发时都是穿的单衣，结果到了厂部一下汽车，北风一吹，就把她们冻得浑身直打战，就觉得好像进入冬天一样。

六个女孩到达塞罕坝机械林场总场，时任林场党委书记王尚海亲自陪她们吃了上坝后的第一顿饭。陈彦娴说，这是她终生难忘的一顿饭。

陈彦娴记得当时吃的是“烙饼”，她说：“咱们一听是‘烙饼’，就觉得这个饭挺好吃的啊，实际上当时那个‘烙饼’用的面都是‘黑面’，吃第一口都皱着眉头，也咽不下去，这就是所谓的‘白面’啊，平时吃的就是苦累[1]、莜面。”

即使不好吃，六姐妹也得硬着头皮吃下去。人都来了，难道就因为一顿饭退缩吗？那不得让人看笑话！

六个女孩上坝后，就被全员分配到了千层板林场，从最基础的工作干起。“原本在我们的设想中，上坝后就可以开上拖拉机或其他机器，神气地进行机械化造林工作了。”陈彦娴说道。

让她没有想到是，第一份工作就是在苗圃里倒大粪。六个女孩不但要忍受难闻的气味，还必须跟上其他工作人员的步伐。这是一项流水作业，六个女孩要转着圈儿地倒，需要不停走动。

[1] 也叫苦粒、苦力。饥荒年份，有人用榆钱、槐花或马齿苋等拌上面粉蒸着吃。一般当干粮充饥。

一天下来，六个人都累得腰酸腿痛，恨不得躺下就不起来。一些老工人笑着打趣，说这六个女孩是刚从学校出来的，身娇体弱，这些脏活重活根本就干不了。陈彦娴和其他五个女孩不服气，于是大家商量了一番，决定别人怎么干，她们就怎么干，不信干不好！

此后，不管林场的条件如何恶劣，六个人始终没有抱怨过一句。她们把抱怨的时间都用在坚持努力地克服困难上，力求做到干啥也不比别人差。

“当时坝上条件十分艰苦，房屋不够住，就住仓库、马棚、窝棚、干打垒和泥草房。最难熬的是冬季，气温零下 40 多摄氏度，嗷嗷叫的白毛风一刮，对面不见人，呼吸都困难。每走一步就要使出全身力气，羊皮袄穿在身上都给冻透了。”陈彦娴回忆道。

她们和男人一样，上山伐树。在没过膝盖的大雪中，几个人先将绳子捆好，再用肩膀将树从山上拉着向下滑。在如刀般凛冽的白毛风中，她们的脸、耳朵都冻得起了泡。

陈彦娴说道：“在那种情况下，越是站着越冷，所以大家只能干活，比着干，看谁干得好、干得多。”经过一个多月的上山伐树，上到林场领导、下到普通职工，大家都对她们刮目相看，从心里佩服这几个从城市来的女孩。

到坝上以后的第一个中秋节，六姐妹既没有家人的陪伴，也没有月饼可以吃，而是坐在大工棚里选苗，工棚外居然还飘起了雪。

由于塞罕坝的无霜期仅有60多天，她们上坝不久，坝上便进入了冬季。“农历八月十五左右，外面已经下起了雪，在阴冷的棚里选苗，一坐就是一天，手脚都冻麻了。”冬天上山，姑娘们的脸、耳朵都冻出了疮，裤子结了层冰，走起路来“嘎巴嘎巴”地响。

山上风特别大，大雪过膝，气温更低，穿棉乌拉套毡袜，再打上裹腿，戴上棉帽子，围上围巾，全副武装也难抵风寒，几个人互相只能看着对方脸上冻得起泡。

那会儿采伐一天吃两顿饭，早上8点开始干活，一人扛一根麻绳用来拖树。

“到了山上以后大家的干劲还是挺足的，山上的雪可大了，男同志都得跪在雪地里面伐树，我们女同志就拖树头子到山下。”陈彦娴说，那会儿年轻，争强好胜，你拖得多，我要比你拖得还多，大家都互相比着，都是这种干劲。

在雪地里面必须用很大力气才能拖动木头，下坡的时候，弄不好就容易把脚崴了，每个人的肩膀都磨出了泡，长出了一层茧子。“大家干活儿渴了就在山上抓把雪吃，晚上坐在煤油灯下，吃碗莜面苦累配咸菜疙瘩。”陈彦娴说，大家都咬牙坚持着，既然是自己的选择，就无怨无悔，不能让人看扁了。

在回忆和讲述自己在塞罕坝的往事时，陈彦娴一直带着笑容，仿佛这段难熬的岁月很轻松：“我们到林场后的工作是育苗，整地、做床、催芽、播种等，每项工作程序都有严格的技术要求。为了掌握好播种时盖土的厚度和压实度，我们拿着滚桶和刮板一遍又一遍地练，手磨出了血泡，手臂肿得抬不起来，可我们还是不停地练，直到达到技术要求为止。

“苗圃工作给我印象最深的就是选苗。当时从坝下往坝上拉苗子都是解放汽车往回拉。拉回来的苗子你就得马上分类假植。当时我们在那个苗圃苗床子里选苗分类，不是在屋子里面，四周都透风，特别冷。选苗的时候能在棚子里面了，那棚子也是四面透风，手还总得浸在水里，当时好像是快八月十五了吧，坝上都下小雪了，一天下来我们的手都冻得起泡裂口子，那真是没有经历过。我们在苗圃的棚子里面就那么坐着干活，当时把那最厚的衣服像棉袄啥的都穿上。一坐就是半天，中途你也不能出来，你得完成自己的工作量，就中午吃饭的时候出来。当时大家还有任务，你必须一天要完成多少任务，就是说这车苗子你今天必须完成，你不能拖到明天，完不成就甭休息。所以说你往那儿一坐就半天都不能动，眼睛还得盯着瞅，还得把好坏苗子分出来。因为我们没有干过这个活，我们还特别认真，特别卖力气，人家说要一百棵你必须保证一百棵，领导还不定期过来检查呢。”

终于盼到了上坝后的第一个春节，场部给她们放了假。这是陈彦娴六姐妹到塞罕坝林场后第一次回家。回家前，姑娘们都把自己装备起来，双脚穿上“毡疙瘩”，身上穿着厚棉袄，头上还要戴上一顶厚厚的皮帽。她们回家坐的还是上坝时坐的那种敞篷车，走的还是那条永远也走不到头的尘土飞扬的土路。一路下坝，来到承德，下车的一刹那，无数双眼睛惊奇地望向她们：这是什么装扮！这些人从哪儿来的？人们哪儿想得到，这就是大半年前全承德人民欢送的六个姑娘啊。“下车的时候，人们还以为是‘外星人’来了，我们却觉得非常自豪，因为我们已经是塞罕坝人了！”

年还没过完，她们又匆匆上了坝。

春天造林，陈彦娴她们要将一棵棵带泥浆的树苗放到植苗机上，两手不停地取苗、放苗。“植苗机在高低不平的山地上来回颠簸，取苗箱里的泥水不断溅到身上，一天十几个小时下来，我们看起来就像刚从泥坑里爬出来似的。”陈彦娴说。

艰苦的工作和生活条件没有吓退姑娘们，反而让她们扎根塞罕坝的决心更为坚定，尤其是看着自己亲手种下的小树苗一天天地长大，仿佛看着自己的孩子在成长一样。

塞罕坝的许多人，就是因为眷恋着这份来之不易的绿色，才选择永远扎根塞罕坝。

1976 年，陈彦娴的母亲心疼女儿，不想再让女儿吃苦，不仅给她找好了接收单位，还亲自来塞罕坝做她的思想工作，希望她能调回承德，过相对安定和舒适的生活。

“你年纪也不小了，总这么在坝上干苦活累活也不是个事，已经十几年了，前些年赶上‘文化大革命’，不敢申请调动也就罢了，如今世道好了，你可得为自己打算打算啊！”

陈彦娴知道，母亲也是一番好意，说的也在理，但她内心又很犹豫。

经过再三思考，陈彦娴还是放弃了调回承德的机会，留在了塞罕坝。她舍不得那片正在茁壮成长的树林。

“现在如果有人问我：‘要是让你重新选择一次，你会如何选择？’我会毫不犹豫地告诉他：‘塞罕坝！因为这里是我成就绿色梦想的地方，这里有我的青春，我的生命，我的一切！选择塞罕坝，我无怨无悔！’”陈彦娴坚定地说。

陈彦娴退休后，选择住在围场县城，“在塞罕坝看惯了满山的大树，所以我一直离不开绿色。”陈彦娴的家中十分干净整洁，而且绿植很多，一眼看去全是绿色。

曾经的六个女孩早已相继退休，虽然各奔东西，但偶尔还是会聚在一起。大约十年前，“六女”中的陈彦娴、史德荣、甄瑞林和王晚霞四人，相约在承德相聚。短暂的寒暄后，大家你一言，我一语，谈的都是从前在塞罕坝的那段岁月。陈彦娴说，自己忘不掉塞罕坝的那些树，其他人的想法也与陈彦娴出奇地一致，谁都没有为当初的选择而感到丝毫后悔！

第五章 『下马风』来袭

20世纪五六十年代，全国各地都弥漫着革命的浪漫主义气息。在内忧外困、一穷二白的困难环境中，亿万劳动者靠着人定胜天的乐观精神和勤劳的双手，奇迹般地创造了一项项工程：

1956年7月13日，解放牌汽车在长春第一汽车制造厂试制成功，结束了我国不能生产汽车的历史；1959年9月26日，勘探发现了大庆油田，以“铁人”王进喜为代表的老一辈石油人，在极其困难的条件下，自力更生、艰苦奋斗，仅用三年时间就拿下大油田，一举甩掉了我国贫油落后的帽子；1960年2月，红旗渠工程在河南省林州市动工，历时九年，建成了一座举世瞩目的“人工天河”；1964年10月16日，中国第一颗原子弹爆炸成功，使中国成为第五个有原子弹的国家……

而在塞罕坝上，革命的激情与年轻的气息交织在一起，让寒冷的坝上也变成了耕耘的沃土。

大雪封山

1962 年到 1971 年的气象记录有这样一组数字：极端最低气温 -43.2℃，年平均温度 -1.3℃，年均 -20℃以下低温天气长达 4 个多月；年均无霜期只有 52 天；年均积雪期长达 7 个月。

除了寒冷，还有风沙。当时塞罕坝年均大风天气日数 83 天，坝上有句谚语：“一年一场风，年始到年终。”

对于塞罕坝上的创业者而言，寒冷和风沙都是不足惧的，那个年代的中国，哪儿不艰苦呢？那个年代的人们，哪个是垂头丧气的呢？更何况，他们是被国家召唤至此的“天之骄子”。在火热的革命年代中奉献自己的青春与激情，想想都觉得浪漫。

远离家人算什么？有那么多志同道合的同志！

条件艰苦算什么？别人过得我也就能过得！

孤独寂寞算什么？共和国首都的环境安全，有我的一份功劳！

在祖国大江南北的铁路线上，在一列列南来北往的货车上，塞罕坝的建设者们正以十万火急的速度在调运机械设备和造林苗木。加急电报一个接一个飞回总场：长春解放牌汽车到站，洛阳拖拉机到站，镇江植树机到站，农林机具到站，造林苗木到站……

机械设备纷纷到位，造林工作即将开始。在造林工作正式开展之前，建设者们首先要完成营建工作。由于塞罕坝条件很差，很多生活设施都需要从头建起，这些也成为塞罕坝建设者的日常工作。

5月，坝上积雪刚刚化尽。生产开始了，营建开始了。

吴景昌是毕业于东北林业学院的学生，他以一名技术员的身份，也跟着大家一样去了造林区。吴景昌在东北生活了20多年，本以为出了东北都叫“南方”，结果没想到塞罕坝竟然比东北还冷，白毛风一刮起来，整个人都被冻成冰棍了。

现在积雪化净了，天气也暖了很多，虽然时不时刮点风沙，但终于不再夜夜都冻得发抖了。

更重要的是，这次造林是林场成立以来头一次大规模造林，“你要知道梨子的滋味，你就得变个梨子，亲口吃一吃。”自己学了多年的书本知识，终于要在实践中检验成果了，吴景昌自然难捺心中的激动。

虽然当时上坝的年轻人全部是大中专毕业生，但其实只有来自东北林业学院的四十多人是真正学林业的。王尚海、刘文仕、张启恩等多个场领导，都对有专业背景的他们寄予了厚望。

有一次，吴景昌在林场里散步时恰巧碰到了张启恩。虽然一个是场领导，一个是年轻人，但张启恩毫无架子，非常关心地询问吴景昌来到塞罕坝之后生活适不适应、有没有和家里报平安。而且张启恩也是技术专家出身，又和吴景昌聊了很久关于造林的技术问题，尤其是塞罕坝上自然条件恶劣，又没有成功的造林经验可以复制，能不能在这里把林子造活，充满了挑战。

“你们年轻人脑子活、知识新、想法多，造林的时候要多想想办法、多出出主意。你是学林业出身的，专业背景硬，以后的担子会很重，一定要担住了。”张启恩这样叮嘱。

“专业”的出身，让吴景昌和他的同校同学都感到一丝骄傲，但心中的压力也更大：要是种不好这树，责任第一个就在自己！

要治坡，得有窝。造林的地点离营林区的宿舍很远，大家不可能每天都带着家伙往返。老天爷不会给造林人凭空创造住的地方，因此，哪怕是个“只管技术”的技术员，上了山之后，吴景昌也要和大家一块儿先把住处搭好。

没砖没瓦，自然还是老办法：在山上搭窝棚，随着山势挖地窨子[1]，在沼泽地里挖草坯盖“干打垒”[2]。

只见男女老少一起上，拿着铁锹掘个半人高的大坑，把里面好好地平整一下，不然晚上睡觉浑身硌得疼。挖坑看着简单，但没有挖掘机，只能是人工一锹一锹地挖出来，哪怕是年轻的小伙子挖一会儿也就受不住了，得赶紧换人接着干。

坑挖好了，还得再拿木材、茅草、黄泥等把棚子搭起来，在

[1] 指在地下挖出长方形土坑，再立起柱脚，架上高出地面的尖顶支架，覆盖兽皮、土或草而成的穴式房屋。

[2] 干打垒是一种简易的筑墙方法，指在两块固定的木板中间填入黏土，此处指应用干打垒方法筑墙所盖的房。

头顶上遮住阴、挡住雨。哪怕是每天早晨起来，草铺下面化出水来，也好过风沙直接刮进坑里，白霜降在脸上。

光是搭这些地窨子就已经耗尽了所有力气，吴景昌曾想象等到造林正式开始，自己会不会连路都走不动了。

趁着换班，吴景昌赶紧找了个石墩，坐下来休息了一会儿。虽然天气还有点凉，但他已是满头大汗，背心也牢牢地贴在汗津津的身上。看着一个个地窨子慢慢成了形，吴景昌不禁咧开嘴笑了：人心齐、泰山移，有这股劲头，什么林子造不了。

忽然，在这片热火朝天的人群中，吴景昌看见一个熟悉的身影：张启恩。只见张启恩穿着薄薄的棉衣，腰间扎着一条草绳，正拿着铁锹用力掘土。张启恩当时是 40 多岁，又比较文弱，干起体力活儿来自然不如身边的小伙子们迅速，他铲一铲土的时间，有的人都已经铲了两铲了。但他的脸上丝毫没有疲惫和烦闷的神色，眼睛里也充满了坚毅的神采，姿势也是一板一眼的。等到干累了，张启恩就停下来，把铁锹向地里面一铲，一只脚蹬在铲子上，用手抹了一把满头的汗，和身边的同事们说说笑笑，仿佛他已经干了大半生的体力活儿。

在吴景昌眼中，这位副场长一直是一副书生模样，举止文雅、学识渊博、充满理想，没想到干起体力活儿来，也是当仁不让、毫不后退。

吴景昌用胳膊肘碰了碰旁边的于春：“你看，张场长也在那干活儿呢。”

于春往那边瞟了一眼：“哦，我早就看着了。”

吴景昌说：“张场长都亲自来铲土了，真不容易。”

于春斜着眼看了眼吴景昌：“你再好好看看。”

“看啥？”

“你不是近视眼吧？就只能看见张场长一个人？”

吴景昌立马抻起了脖子，向四周望了过去。王尚海！原来王书记也来了！王书记也正跟大家伙儿一块干活儿呢！

于春道：“不光王书记、张场长，刘场长、王场长他们几个场领导全部都来了。不过，刘场长和王场长应该在别的地方，不在咱们这一块儿。”

听了于春的话，吴景昌突然心中一阵激动，“腾”的一下子站了起来，一把也把于春拉了起来：“走走走，歇那么长时间了，赶紧干活儿去！”

住处搭建好了，但没有食堂，林场的职工们就在空地上支了棚子，架上几口大锅，露天做饭、吃饭。在食堂都吃不到啥好吃的，出来造林的时候就更不用说了，主食就是黑莜面，再加上一点野菜，若是嫌饭菜没味道，烧火师傅就用盐水煮莜麦粒，偶尔再做点盐水泡黄豆，给职工们的舌头找找味儿。

尽管条件艰苦，但此时塞罕坝人的精神是昂扬向上的，激扬着敢教日月换新天的壮志豪情。从领导干部到普通职工，大家同

创业者劳动的景象

吃、同住、同劳动，没有高低贵贱之分，大家都是社会主义建设者。而且，领导干部总是吃苦在前，连住窝棚都是睡在最外面，为普通职工遮风挡寒。

条件虽苦，工作虽累，塞罕坝人却乐在其中。在一处窝棚外，有人写了这样一副对联，贴在了门边——

上联：一日三餐有味无味无所谓

下联：爬冰卧雪冷乎热乎不在乎

横批：乐在其中

还有人写了这样一首打油诗：

渴饮沟河水，饥食黑莜面。
白天忙作业，夜宿草窝间。
雨雪来查铺，鸟兽绕我眠。
劲风扬飞沙，严霜镶被边。
老天虽无情，也怕铁打汉。
满地栽上树，看你变不变！[1]

到了 9 月，塞罕坝又进入了冬季，气温开始急速下降，冬天里的最低气温达到 -43℃。苦寒的冷风夹杂着雪花，一个劲儿地

[1] 一说为副场长王福明所作。

往领口和袖管里面钻。

虽然建设者的营地搭建工作已经基本完成，但仍然有一些建设者没办法住进小屋里。为此，一些建设者在屋子外面用干草和秸秆架起了简易的草房和窝棚。寒风顺着草间缝隙呼呼地向窝棚里面钻。

遇到大风雪天气，屋子里面也往往结上一层冰。点着火炉丝毫感受不到一点温暖，他们只得在炕上蜷缩在一起，戴着皮帽子，将自己裹得严严实实的。雪大一些的时候，屋子的门都无法推开，大家只得从窗户里跳出去工作。

尹桂芝和几名同事在育苗圃工作，寒风吹来，大家的手都冻肿、开裂，依然在泥潭中坚持工作。苗圃的育苗工作一干就是一天，每个人需要挑选上万棵苗木。每到收工的时候，大家的腿都已经不听使唤了，不仅人站不起来，腰也直不起来，整个人就像是僵住了一样。

即使这样，也没有人选择退缩，站不起来就多坐一会儿，直不起腰就先缓一缓，每个来到塞罕坝的建设者内心都憋着一股劲："一定要把苗木选好，一定要把林子造好！"

赵振宇是在1962年来到塞罕坝的，毕业于承德农专的他在塞罕坝担任施工员。为此，他需要每天走几十公里山路，去巡查山上的林木情况。很多时候，在晚上回到住所时，赵振宇的棉衣都被冻成了冰甲，棉鞋则被冻成了冰鞋，走起路来总会发出哗啦哗啦的声响。

衣服和棉鞋结冰了可以脱掉，被窝结冰才是件麻烦事。为了能够睡个安稳觉，赵振宇的许多同事在睡觉前需要把在火堆中烧热的石头放入被窝，在被窝温暖之后，再钻进被窝睡觉。

除恶劣的居住条件外，塞罕坝地区的医疗卫生条件也十分艰苦。由于缺少基础的医疗卫生设施，塞罕坝建设者需要去坝外面接受医务治疗。由于走出塞罕坝需要的时间比较长，大多数塞罕坝的早期建设者如果出现身体不适，往往会自己扛着，除非突发大病，实在是承受不住了，才会坐车去塞罕坝外接受治疗。即使到最近的县城就医，也需要走 100 多公里的路。

由于塞罕坝地区恶劣的工作和生活条件，许多塞罕坝的建设者在此后出现了风湿、关节炎、心脑血管疾病的病症。因为得不到及时有效的治疗，很多人都是带病坚持工作，这也让他们落下了终生的病根。

塞罕坝上的交通工具有两种——马匹和牛车。大卡车、拖拉机，那是生产工具，不是随随便便可以坐的，所以，这批青年学生上坝之后面临的一大难题就是学骑马。

从驻地到勘测地点，最短距离也要几十里路，土路崎岖不平，很难行走。当时也没有小汽车，最为常用的交通工具就是马。在塞罕坝地区，如果谁不会骑马，那他想要完成基本的工作，可能也要付出很大的努力。

“塞罕坝的马，性子特别烈，你这边刚一只脚踩上蹬，马一尥蹶子就跑了，人就被摔下来了。我小时候放过马也骑过马，比别人还稍好些，其他人在这上面可没少摔跟头。”如今已从东北林业大学教授、博士生导师位置上退休的李桂生已经 80 多岁了，说起在塞罕坝学骑马的日子，仍然记忆犹新，“当时讲妇女能顶半边天，坝上的女同志都得学骑马，这可真是难为她们了，那马性子烈，没有不摔跟头的。”

尹桂芝年纪小，个子也不高，见了马就害怕，刚到坝上那会儿，她情愿每天比别人早起一点、晚回一阵，也要依赖自己的“11 路”。总之一句话，苦可以吃，活也一定会干，但学骑马，谈都别谈。

日子长了，尹桂芝发现长此下去，生活太不方便了，更重要的是，不会骑马耽误很多工作，也不安全。因为黑夜里的塞罕坝，是狼群的天下，太阳下山后，狼嚎声此起彼伏，去分场办事稍一耽搁天就黑了，每回往回走都心惊胆战。

必须学骑马！尹桂芝就此下定了决心。

学习骑马并不是件容易的事，对于年纪尚小身材也不高的尹桂芝更是一个挑战。更何况，塞罕坝地区的马匹并不温驯，你不降服它，它就会欺负你。在学习骑马的过程中，尹桂芝吃了不少的苦，可一旦下定决心，就绝对不会放弃的她坚持了下来。一天不行，就学两天，一次不行，就学两次，在反复尝试后，尹桂芝最终掌握了骑马的技巧。

除了马，人们还依赖牛。有时候到比较远的地方勘测，无法在一天内往返，就要架上牛车，拉上锅灶和被褥，做好就地露营的准备。

然而，尽管有着欲与天公试比高的豪迈心情，塞罕坝人造起林来更是齐心协力、毫无保留，但结果并不总是如人们期望的那样。

王焕忠说道：“第一次造林那动静大了，又杀猪又宰羊，是红泉沟牧场给宰的羊，牧场的都去参观去。红泉沟牧场是场长带队，因为这是机械造林，很现代化。”

林场建场时自己没有树苗，苗是从东北地区引进的。1962年，林场种植了1000亩树苗。到了秋天，却发现成活率不足5%。

热火朝天大干一番，竟全打了水漂！全场职工脑袋都一下蒙了：这是何故？怎么这落叶松在东北活得好好的，到了塞罕坝就活不了了呢？

大家都绞尽了脑汁去想，但依旧没有形成一个统一的有说服力的意见。

消沉了一阵之后，在场领导的鼓舞下，塞罕坝人的士气再度涨了上来：失败是成功之母嘛！红军都有两万五千里长征，哪有什么事情是一蹴而就的？今年树没种好，来年，咱们接着干！

1963年春，热火朝天、万马奔腾的造林景象再次上演，这次共种植了树苗1240亩。就当全场职工以为此役将一扫去年的阴霾，开启塞罕坝机械造林成功序幕的时候，现实再一次无情地伤透了大家的心：此次成活率比上一年略高，但也不足8%。

眼看着辛劳付诸东流，大家的积极性一下子受了挫。难道塞罕坝不适合造林？难道是苍天对历史过错的惩罚？如此下去，何时才能让荒漠变绿洲？

实际上，塞罕坝最初造林的失败，并不是树种出了问题，而是从东北运过来的苗木，因为长途运输，根系大量失水，影响了成活率。但一般来说，根系缺水并不会导致成活率如此之低，更为主要的原因在于塞罕坝恶劣的土壤条件和气候条件。两种原因结合在一起，导致塞罕坝前两次大面积造林失败的结果。

造林失败的阴霾还没散去，到了冬天，塞罕坝偏偏又下了一场罕见的大雪，大雪封山、塞罕坝与外界隔绝，除必要的食品供给之外，运输路线全部暂停。那些从城里来的大学生和职工，被困在了坝上无法回家过年。

极其艰苦的工作、生活条件和造林连续失败，再加上思乡之情，动摇了大家的信心，有些人打起了退堂鼓，场内刮起了一场“下马风”。

不知道从什么时候开始，林场里常常能见到职工们仨一群俩一伙儿地低声议论，每个人都面色凝重，认真听着那些不知从哪里传来的消息，并传递着自己也不知真假的传闻。

“听说林业部对咱们这两次造林感到特别恼火，领导都直接摔杯子了。”

“有好几个人偷偷去找过场领导了，正在准备办调离的手续，估计快要走了。”

“场领导开了好几次会，但一到找原因的时候就各说各的，谁也说不准林子活不了问题出在哪儿了。”

“等再过几个月，场子差不多就要解散了。造不活林子，聚得快，散得也快。”

…… ……

塞罕坝上多的是才思敏捷之人，既然有人能在事业如火如荼时写出“一日三餐有味无味无所谓，爬冰卧雪冷乎热乎不在乎”这样的对联，也便有人在林场风雨飘摇时写出瞬间击垮人心的“歪诗”:“天低云淡，坝上塞罕，一夜风雪满山川；两年栽树全枯死，壮志难酬，不如下坝换新天。”

这首诗，瞬间传遍了整个林场。与此同时，“林场即将解散下马”的传言，也在这个时候传进了每一个人的耳朵。

好的消息容易传播，坏的消息更会迅速传播。塞罕坝造林失败本就让大多数建设者的内心蒙上了一层阴影，不断扩散的“下马风”搞得塞罕坝人心惶惶。

屋漏偏逢连夜雨，在人心动摇之际，偏偏又发生了“孟继芝事件”。这件事几乎成为压垮骆驼的最后一根稻草。

1963 年冬天，刚刚从张家口林业干部学校毕业的孟继芝被分配到阴河林场，在坝上护林，直到 12 月中旬大雪覆盖，火警解除，他才和同学凌少起一起头戴狗皮帽，足蹬毡疙瘩，身穿厚棉衣，外裹羊皮袄，高高兴兴地往场部走去，准备回家过年。

只有四十多里的路程，正常情况下，骑马需要两三个小时，天黑前赶回林场没有问题。

可是那一天雪太大了，气温低到了 -39℃，大风把雪吹到低洼处，使得有些路段积雪过深。没走出几里路，因为雪深没过肚皮，马无法行走，只能着急地在雪地里又蹦又跳。没有办法，只得人在前面走，蹚出一条雪道，再牵着马前行。就这样，两个人在雪地里挣扎了两三个小时，天已经黑了下来。再想往回返，回去的路也找不到了。

雪越下越大，他们彻底迷失了方向。更可怕的是，两个人走散了。

过了很久，凌少起幸运地摸到了坝下第一个村庄——白水台子。当他敲开一户人家的大门时，站在老乡面前的是一个冰人：浑身冰雪，头上的帽子只露出两只眼睛，四周全被冰雪封死了。

此时的凌少起已经快成一个“僵尸”了，双目无神，脸上毫无血色，煞白的嘴唇不停地哆嗦，而喉咙里却说不出一句话来。老乡赶紧把他架进了屋，把他放在了火炉旁边，帮他慢慢地活络身子。

没一会儿，凌少起的神智变得清醒，第一句话就是：“我跟孟继芝走散了，快去找他！”老乡立即赶去通知场部，组织人马上山营救。

风雪太大，加之天黑路滑，第一拨人马没能冲上坝去。第二拨身强力壮的人员和马匹，终于冲到了坝上。人们借着手电光找到一个雪堆，扒开一看，人已冻僵，便急忙把他驮回村里抢救。

当时，孟继芝的毡鞋已经冻在脚上，村里的大娘用剪子帮他把鞋剪碎，然后把双下肢泡在冷水里。过了两个多小时，人才缓过气来，泡在冷水里的双腿也脱下了一层厚厚的冻壳，这时大家发现双腿开始变黑。村里和林场赶紧组织一支队伍把他送到县医院，又连夜送到天津。经诊断，两腿已经完全坏死，必须马上截肢，不然血液感染，生命难保。

于是，19 岁的孟继芝永远失去了他的双脚和小腿。

“新来的小孟把脚都冻掉了，还种什么破树！”“孟继芝事件”给了本就人心动摇的塞罕坝林场致命的一击。人们不知道自己会不会倒霉地成为下一个孟继芝，更不知道这血的付出能换来什么。不少人在内心祈祷林场赶紧解散、人员赶紧下坝，就算要建设祖国，但也得先保住命不是？！

塞罕坝机械林场已经到了生死存亡之际，需要有人站出来稳定人心。但就在此时，王尚海、刘文仕、张启恩、王福明四位场领导突然回家了！

一时间，坝上沸腾了："完了完了，领导都走了，林场这回恐怕是真要完蛋了！"

"我要赶紧打报告，调到外地去，降一级调任也行！"

林场要是没有了，要卷铺盖回家吗？组织会给我们安排工作吗？下次又是到哪儿去呢？反正在家里吃闲饭是不可能的……

几位领导的突然离开，让塞罕坝一时间失去了方向。

第六章

『马蹄坑会战』

四位场领导离开之后，林场变得更加人心惶惶，所有的职工都像泄了气的皮球，宿舍中、食堂里再难听到往日的欢声笑语，取而代之的，是每个人脸上都愁云惨雾。

有一天，尹桂芝正待在苗圃里，一边有一搭没一搭地和同事们聊着天，一边木然地思考着自己接下来又会被调到哪个单位去工作，忽听外边一阵欢呼：“王书记回来了！”

尹桂芝简直不敢相信自己的耳朵，慌忙跑出苗圃，只见远远地，王尚海在众人的簇拥中走了过来，他的身后，还跟着一个女人和五个孩子。

原来，王尚海把自己的妻子和五个孩子都带上了塞罕坝。

在来塞罕坝机械林场之前，王尚海是承德地区的农业局局长，一家人住在承德市一栋舒适的小楼里。这个抗战时期的游击队长，后来的围场县第一任县委书记，当时的林场党委书记，为了稳定军心，他像奔赴战场一样，交出了房子，带着老婆和孩子上了坝。

同时，他还从家里带来了一个书柜、两个箱子、几件炊具，全家人在临时腾出的一间职工宿舍里安了家。

几天之后，张启恩也回来了。不约而同地，他也带着老婆和孩子。

全场人都知道，张启恩是北京大学农学院林学系毕业的高才生，是林业部造林司的工程师，是全场文化水平最高、技术能力最强的技术员。他的妻子张国秀同他一样，也是一名高级知识分子，长期在中国林科院植物遗传研究所工作，两人有三个孩子，在林业部的家属院里过着稳定而温馨的生活。

他们说走就走，一家人从此告别了电影、电灯、自行车，也告别了书店、收音机、音乐会。在北京的家，他们随时可以洗个澡，来到塞罕坝，只能夏天下雨的时候请老天爷帮忙；最要紧的是这里没学校，只能临时抽调两名职工在库房里给孩子们上课，恐怕几十年也难培养出一个大学生。

与此同时，刘文仕、王福明也带着家人上了坝。

原来，“下马风”的传言早已传入王尚海等几名场领导的耳中，普通职工们心中彷徨，他们更是急得像热锅上的蚂蚁。

眼看着林场人心惶动、谣言漫天，王尚海、刘文仕等场领导几乎天天在一起想办法：坝上的工作环境本就艰苦，如此卖力地干了两年，却毫无收获，现在任何风吹草动都有可能成为压垮骆驼的最后一根稻草！

在一次讨论会上，王尚海率先发言：“同志们，党和国家交给了我们如此光荣、重大的任务，但目前来说，我们没有很好地肩负起这个责任。已经两年了，我们还是没摸到造林的窍门。

“现在，林场里是谣言满天飞，相信大家也都听说了，说什么林场就要解散了，说得有鼻子有眼的。信的人不多，但也不少，搞得人心惶惶，好几个同志曾经明里暗里想在我这套个话，都让我给撵回去了。

“但是，这些谣言也不是空穴来风，正说明了大家对当前情况的担心。作为场领导，主要责任在我们；要刹住‘下马’的传言，主要责任也在我们。

“现在，大家最需要的就是信心，一定要让大家相信林场是倒不了的！咱们几个人，都是有家有室的，我建议，咱们几个都把家人接过来，让大家都看到，咱们几个是‘王八吃秤砣’——铁了心地要在塞罕坝上种满树！”

王尚海祖籍山西，自幼家境贫寒，只读了三年私塾，青年时期就参加了抗日民兵组织。抗日战争胜利以后，他受组织派遣到热河地区开辟根据地。他喜欢读书看报，有一副好口才，开会做报告很少拿讲稿，讲话有条有理，简明扼要。林场老职工赵云国回忆：“他（王尚海）那洪钟般的膛音，时高时低、抑扬顿挫，加上强有力的手势，极富感染力。他那谈吐诙谐的情趣，乐观向上的精神，艰苦朴素的作风，坦荡无私的情操，与人为善的品德，赢得了全场职工和家属的信任、拥戴和称赞。”

这样的领导是极富个人魅力的，也极有凝聚力。果不其然，王尚海一番慷慨激昂的提议，立即获得了所有人的认同。几天之后，几位场领导纷纷回家，把家人接到了场里。

看着几位场领导破釜沉舟的气概，全场职工再度振奋了起来，与此同时，关于“下马风”的传言也慢慢地消失了。无论是愿意还是不愿意，塞罕坝林场的命运只剩下了“华山”一条路可走。

人心已经稳定，但林场要真正活下去，光靠思想工作是不够的，最终还是要拿出成绩、拿出事实，找到在坝上种树的道道，打赢几场关键的硬仗。

再一再二不能再三再四，对于塞罕坝人而言，下一次春季造林，就是最关键的那场硬仗。种成了，林场就能继续活下去；种不成，林场就彻底辜负了党和国家的期待，几年的辛苦付出也都是竹篮打水一场空。

说一千道一万，春季造林，只准成功，不准失败！

而要避免重蹈过去两年造林失败的覆辙，就必须先搞清楚造林失败的原因。作为一把手，王尚海深知搞林业不同于在战场上打敌人，必须有科学创新精神。既然坝下的苗不能在坝上成活，为啥不能组织这些学有专长的知识分子们进行科技攻关呢？因此，在接下去的那段时间里，塞罕坝全场刮起了一阵“总结经验、吸取教训”的反思风。

任仲元回忆说，那时的林场，晚上几乎每天都在开会。总场开大会，分场开中会，科室开小会，翻来覆去就在讨论：好好的树怎么就种不活？人人都要想问题，人人都要提建议。自己虽然是负责机械技术的，对造林几乎一窍不通，但也每天都跟着大家一块儿讨论，听听谁的意见更靠谱。

“说是讨论会，但往往说着说着就吵了起来，有人觉得该这么做，有人觉得该那么做，谁也说服不了谁。”任仲元说，“但那会儿的‘争吵’，大家都没有私心，都是为了林场好。也没人记仇，顶多在心里记住对方是个倔人。而且，前一天争得面红耳赤的两个人，第二天可能又在别的事儿上看法一样了。那会儿虽然常常因为‘下马风’的传言感到沮丧，但大家热火朝天的讨论又很积极。”

为了彻底搞清楚过去两年造林失败的原因，作为林场的党委书记，王尚海身先士卒，带领着几名林场中层干部和技术骨干，骑着枣红马，开始了一次深度调研。

在十几天的时间里，他们跑遍了全场 1000 平方公里的山山岭岭，哪里风沙小、哪里水源多、哪里光照足……全都认认真真地记在了本子上。

路途虽长，条件虽差，但让王尚海感到欣慰的是，一路上没有一个人喊苦喊累，所有人都一门心思地扑在调研上。

有好几次，在他们出发之前刮起了大的风沙，王尚海心疼那群刚走出校门的小伙子，想让大家休息半天，等风沙小了再走，结果大家都异口同声地拒绝了，简单把设备捆紧点，衣服罩严实点，就赶忙上路了。

一趟扎实的调研下来，王尚海他们发现，坝上残存的天然落叶松生长良好，并且还有不少直径一米以上的老伐根，远远好于大部分树种的生长状况。“落叶松比较适合目前坝上的生长环境”，成为此次调研最重要的发现。

调研小队认为，既然天然落叶松能够生长，那么只要方法得当，人工栽植的也一定行。调研队伍回去之后，在春季造林中主要尝试种植落叶松的决定，立即获得了领导班子的集体通过。

而此时，场长刘文仕、技术副厂长张启恩等也正在组织技术人员讨论和总结过去两年造林失败的教训，认真分析每个造林环节出现的问题。

他们发现，塞罕坝之前所用的苗木，多数是从东北地区运来的，而在运输过程中，容易失水、伤热，导致其难以适应塞罕坝风大天干和异常寒冷的气候。要想保证种下去的树活下来，当下最好的办法就是自己育苗。

育苗需要种子。

据李桂生回忆，第一批运抵塞罕坝的树木种子，是来自山西静乐县的2000斤华北落叶松种子。

苗圃建起来了。怎么育苗呢？张启恩这个工程师出身的技术副场长大显身手。

经过考察、摸索、实践，张启恩带领大家改进了传统的遮阴育苗法，在高原地区首次取得全光育苗成功，并摸索出了培育“大胡子、矮胖子”优质壮苗的技术要领。

“树跟人一样，从暖和的地方到寒冷的地方，先要适应下来才能生存，我们就是努力帮助它适应环境。刚开始种下去的树苗成片死亡，活下来的没多少，后来一点点查找原因，一茬茬补种上去，反复这样，后来就是活的多，死的少了。”李桂生说。

新的育苗法研发出来之后，立即推广到了全场各个苗圃。然而，在坝上育苗，要比在其他地方难得多。当时，尹桂芝正在千层板林场的苗圃负责育苗工作。回想起当年工作的情景，依旧仿佛昨日一般：

“冬天要用一些药、冰、雪，加在一起，把苗子冻起来。冻上四个月左右，一直到第二年春天，才可以解冻。

“春天到来，解冻完之后要播种，等长出小苗后不仅看着，还要用柳树枝搭起一人多高的帐篷，以防被大风吹倒或被鸟吃掉。

“苗子长出来了，还得用农家肥细心呵护着。我那时还是个20岁左右的小姑娘，就得一个人套一辆牛车，赶车去马圈、厕所里去拾大粪、掏大粪。夏天的时候，厕所味道大极了，有时一不小心粪还会溅到身上，弄得人实在想吐；冬天的时候，大粪都冻成了冰块，我力气小铲不起来，就得先把大粪都铲成小碎块才行，干完了活浑身都湿透了。

“除了是个力气活，育苗还是个精细活。培育好的苗子，要把它刨出来。苗子的根部往往比根上面的部分要长，刨时要小心，不能把根弄断了。根多的话，还要剪掉一些，剪时需细心，如果根部重要的部分被剪断了，这棵苗看着是好的，栽下去就是死的。”

尹桂芝还清楚地记得，张启恩到苗圃来给大家做技术指导时，担心大家没有育苗经验，来之前做了充分的准备功课，十分形象地把新的育苗法传授给了大家。

张启恩说：“到底这个苗子怎么算好、怎么算不好，从栽苗这个过程里头，我们慢慢体会，就非常形象地提出来了，叫作‘矮胖子大胡子’。什么叫‘矮胖子’，这个苗子敦实，不要细高挑儿，‘大胡子’就是须根发达，就跟那莲蓬胡子似的，这样的苗子肯定没问题。”

幸而，功夫不负有心人，新的育苗法大大增加了育苗数量和产成苗数量，让塞罕坝具备了自我供应苗木的能力。

在那期间，塞罕坝人还通过不断研究实践，攻克了一道道技术难关，改进了苏制造林机械和克罗索夫植苗锹，创新了“三锹半”植苗方法。

所谓“三锹半”，简单地说：第一锹，要直立，先往里晃动一下，是松土，把苗放进去；第二锹是填埋，先往里面，再往外；第三锹是压土，把前一锹给压实了；最后半锹是让土更结实些。

这“三锹半”看似简单，却也是所有技术员和种植员在一次次失败的教训上反复实验得出的，大大提高了植苗的速度。

万事俱备，1964 年 4 月的春季造林很快也开始了。这场决定塞罕坝林场生死存亡命运的一仗，将主战场选在了马蹄坑。

这是王尚海带领一队人马跑遍坝上之后选中的理想的造林之地。

马蹄坑位于总场以东 5 公里处，这里东、西、北三面环山，翘尾河则在它的南面缓缓流过。在这片山、水中间，有着一片 760 余亩的沃野，形如马蹄踏痕，故名为“马蹄坑”。

马蹄坑三面环山，能够遮风蔽沙，地力相对肥沃，而且地势平缓，十分适合机械作业，可以说是当时最适合造林的地点之一。

天时地利都有了，剩下的就要看人的因素了，看林场职工们的双手，能不能把树种活。

“马蹄坑会战”

对于这次造林，全场职工都严阵以待，丝毫不敢马虎。王尚海、刘文仕精心挑选了120名员工，调集了最精良的装备，分成4个机组，挺进“马蹄坑”。

李树是当时林场的机械师，当时他所驾驶的国产拖拉机，是按照塞罕坝地区特殊地形所改进的。用这种机器植苗，能够提高树苗的成活率。他后来回忆说：马蹄坑机械造林时，全场职工是白天造林，晚上开会。当时林场那些大中专学生起到了好作用。机械造林得提前做准备，头两年先翻地、整地，第三年才可以造林。造林的时候林场无论是领导干部还是职工家属全都参加。

这一次造林，主要是先平整地面，然后再用机器将地面耙平，最后再用植苗机植苗，同时，还要有人负责给每棵树浇一点水。

在翘尾河北岸，他们拉起了一溜儿帐篷，总场书记、场长披挂上阵，技术副厂长临场指挥，最好的拖拉机手来摆弄机器，最棒的投苗员来负责插苗，最有责任心的技术员任机组指挥……

随着刘文仕一声令下，“马蹄坑会战”开始了！

林场老职工、后来担任林场第三任场长的张硕印回忆，那种热火朝天的样子，像极了一支训练有素的军队。每个机组指挥员手中的红旗，按照旗语频频摆动。他们口中的哨声，有节奏地阵阵鸣响：

“注意苗木保湿！”

“降低车速！”

“掌握好投苗深度！”

…… ……

一帮技术人员跟在机组后面，有的测量苗木栽植深度；有的小心打开土壤剖面，观察根系分布情况；有的用弹簧秤抽测树苗的拉力，检验植树机的填压强度……

早春的塞罕坝，白天气温只有 -2℃。在翻土、浇水、种植的反复劳作中，每个人的雨衣外面都溅满了泥浆，冻成了冰甲，走起路来咣咣直响。

与之前两次造林不同的是，塞罕坝上少了一份初创事业时的豪迈和欢笑，多了一份屡败屡战的坚毅和沉重。

经过 30 多个昼夜的奋战，马蹄坑坡上全部栽上了落叶松。

林子种好了，但会不会像过去两年一样活不长？尽管造林之前经过了一番调查和实验，塞罕坝人自认为找到了攻克风沙的窍门，但实际效果怎么样，谁的心里都没有底。

时间慢慢推移，所有人都把目光集中在马蹄坑这片土地上，随着大家一次次去马蹄坑维护和察看，大家悬着的心慢慢放了下来：所有树都活得好好的。

7 月初，一个爆炸性的消息传遍了整个林场：马蹄坑调查成

“马蹄坑会战”

活率的报告出炉，平均成活率在95%以上！

塞罕坝上沸腾了！尽管大家都已有了一定的心理准备，但这个调查结果公布之时，塞罕坝的每一个角落，都响起了雷鸣般的掌声和欢呼声！

回想起过去几年里生产和生活上的艰苦，连续两年造林失败的委屈，以及“马蹄坑会战”之前所承受的心理压力，不少职工都紧紧握住了彼此的双手，诉说着自己的激动与兴奋，有的人甚至流下了热泪……

10月初，又一份调查报告让全体员工沸腾：当年保存率99%以上。

“马蹄坑会战”大获全胜！塞罕坝上，再次点缀上了生命的绿色！面对眼前的绿色，王尚海等人忍不住泪流满面。

“马蹄坑会战”，国内首次用机械栽植针叶树获得成功，这标志着塞罕坝林场终于找到了在这里种树的窍门。更重要的是，“马蹄坑会战”的胜利，就像是一发重型炮弹，彻底击垮了“下马风”传言，林场职工士气为之大振，塞罕坝从此正式踏上了绿色发展的道路。

在“马蹄坑会战”之后，塞罕坝上下都充满了信心，“变黄沙为绿洲”的特殊信念，开始在平均海拔1500米的高原上升腾。

多年之后的今日，再去回顾当年的历史，我们就会发现，1964 年是塞罕坝林场起死回生的一年，更是华北地区生态保护史上极为重要的一年。正是塞罕坝上这些战天斗地的劳动者，以永不放弃和科学求实的精神，谱写了一曲光辉的英雄之歌。

当时王尚海有五个孩子，老六老七是在坝上生的。王尚海的父亲从坝上回到山西时已经 80 多岁了。

王尚海的女儿回忆道:“当时坝上没有房子，住的就是窝棚，就是搭的那个马架子，后来等到有了盖的房子才有地方住。1964 年‘马蹄坑会战’，全体干部职工全上那块儿去。住的是窝棚，喝的是河套的水，吃的是莜面苦力。我父亲当时一边当检尺员，一边扛着铁锹提着植苗桶从后面跟着植苗机补苗，经过七天的奋战，终于把苗子栽植完了。

“那会儿冬天也不知道怎么‘过来的’，当时在坝上哪里有啥像样的御寒衣服啊，没有秋衣秋裤，整天刮白毛风，特别是早上起来大雪把屋门都堵上，都出不来屋。早上出来得推开窗户从窗户出来，然后把门口的雪铲了才能把门开开。当时家里没有炉子取暖。我还记得有一年冬天我们差点儿给熏死，在我爷爷那屋就扒个火盆，底下垫个板。可能是那个盆一热把底下那个板给点着了，把毡子角也烧了，后来我妈闻着味儿了，下地赶紧上屋，我爷爷在那块儿呢，还有我和小五跟爷爷住一个屋。”

在王尚海子女的心中，父亲是个特别能吃苦的人。那会儿干部技术员与工人都打成一片，他们的精神就是团结奋斗，艰苦创业就是坝上的精神。在“文化大革命”期间，王尚海的家人曾劝他放弃这份工作，但“固执”的王尚海却怎么也不回头。他说：“林场还没有建成，我就是死，也要死在坝上！”

林场特别艰苦，但王尚海从来不搞特别，与职工分东西时总是一模一样的。后来，王尚海虽说从机械林场调走了，但是他的心还是惦念着坝上，时常打听关注坝上的情况。

1989 年，王尚海老人离世，按照其生前遗愿，他的骨灰被撒在了马蹄坑营林区，而这片林子也就变成了“尚海纪念林”。从马蹄坑营林区穿过一条长约三公里的幽深小道，就能看到“尚海纪念林”。这里的树木巨大挺拔，所有树木的根都深深扎进了泥土中，就像塞罕坝的建设者一样，他们的足迹也深深印入塞罕坝林场中。

马蹄坑营林区是塞罕坝造林工程成功的起点，是塞罕坝绿色的开端，也是梦想开始的地方。

第七章

塞罕坝第一代建设者

第七章　塞罕坝第一代建设者

“马蹄坑会战”的大获全胜，点燃了全场职工的造林热情，战天斗地、奋勇向前成为所有职工共同的工作状态。

其中，每一个人都有自己的坎坷、自己的故事，或许它们没有像林场初创、“马蹄坑会战”一样，被写进历史，却是每个人生命中的烙印。也正是这些隐藏在背后的伟大，一点一滴积累起了塞罕坝精神的赓续。

林场家属张素珍生了个大胖小子，45天了，全靠街坊邻里搭把手，男主人始终未露面。

“谁让他是学林的呢？谁让咱嫁了姓‘林’的呢？”刚出了月子的张素珍依旧气色不太好，说起话来很虚弱。

她嘴里的“他”，叫卢承亮，1957年从张家口林干校毕业后，被分配到塞罕坝地区的大唤起林场。塞罕坝机械林场组建之后，他就成了这支队伍中的一员。

在当时的塞罕坝机械林场，有三个号称“三面红旗”的响当当的人物，卢承亮是这“三面红旗”中的第一面。

卢承亮造林的主战场在大梨树沟营林区。

大梨树沟一到秋天就非常寒冷了。晚上的气温低到 0℃以下，滴水成冰。卢承亮和工人们在大梨树沟造林，没有房子住，就挤在窝棚里、马架子里。

卢承亮总是住在窝棚的最外面，把里面稍微暖和点的地方让给其他人。窝棚里寒风穿梭而过，窝棚外饿狼声嘶嚎叫，还不时有跑过来扒窝棚门的饿狼眼睛发着绿光，吓得人睡不好觉。

卢承亮造林肯下苦功夫，也会动脑筋。他发现，雨季造林成活率高，能达到 95% 以上，而且还能大大降低造林成本。

但是雨天造林难度更大，危险更多。为了能抓住“及时雨”，只要是雨天，卢承亮就带头冒雨造林，戴着简易的草帽，披着破塑料布，在泥泞中加班加点地干活，异常辛苦。

后来，卢承亮到三道河口林场任党支部书记，既要造林，又要搞经营。虽然林场的养殖业发展迅速，但是由于饲养技术不成熟，大批牛羊在春季死去。

卢承亮独自骑马去内蒙古寻兽医。

从内蒙古回来的路上，他过河时，冰面突然坍塌，一时间人马一起掉入大冰窟窿。

卢承亮第一反应是救马，他迅速将马缰绳捋顺到马鞍上，使出全身的力气将马推上了岸。

已经快冻僵的卢承亮，一次次挣扎到岸边，却因为到处是冰无处攀扶而反复滑落冰水中。冰冷的河水让他几乎昏厥过去。最后，他侥幸抓住了岸边的一截树枝，捡回了一条命。

在卢承亮回来后的第三天，兽医如约而来，牛羊得救了，疫情控制住了，但卢承亮自己却得了终身不愈的风湿病。

让人印象深刻的是防火工作。那时候每家每户都挂着“火不出门”的牌子，到处贴着防火标语。其间着过几次火，尹桂芝参加过两次扑火。一次是在后山，职工老田和老哈“熏獾子”闹着一次火。望火楼通知着火了，他们一人拿着一根树条子，在后边追着火打，而不是截着火打。着过火的地方人走的时候都烫脚，特别热。还有就是如意河着火，大家都是听着动静就都去。“那会儿大伙儿打火都很积极，一听说着火都特别着急，都挤着上车去打火。”尹桂芝说。

幽默诙谐的于春是 1962 年上坝的，20 出头，是个年轻的小伙子，干的是营林员的活儿。

1963 年 3 月 18 日，于春从响水营林区赶着牛车到八十三号，刚一到，就听说莫里莫营林区着火了。

“一听我就着急了，林子最怕的就是着火，万一着大了，那我们好几年的工夫就都白干了。”于春急得心都要蹿出来了。

四周一瞧，也没有马。马这么宝贝的交通工具，哪能遍地都是，唾手可得呢？

于春没办法，只好一路紧走慢跑地赶了过去，因为走得太快，脚上的毛毡里进了好几颗小石子儿，硌得生疼。

等于春到山上时，大火基本上已经灭了。三乡林场书记兼场长侯青山也在现场，他说天马上就要黑了，大火虽然灭了，但山上伐树后的伐根上有松树油子，容易再次起火，需要留两个同志来保护火场，防止余火死灰复燃。

吴景昌和于春是好朋友，就一起举手，请求留下，负责把林子的余火扑灭。

“那会儿天气虽然冷，但是刚着完火，我感觉浑身躁得慌，又爱臭美，就把棉衣脱了，只留个单衣服。结果侯青山一回头就看见了我，说这可了不得，这会儿正是二月春风似剪刀的时候呢！侯书记就把他穿的鹿夹克脱下来给我，然后才带着剩下的人下山。”于春回忆说。

等到了夜里，温度得有零下十几摄氏度，小风吱吱地吹，于春和吴景昌都要被冻坏了。他俩见树墩子上还有余火，就捡了点有油的松树枝，给自己烤烤火。“那才叫‘火烤身前暖，风吹背后寒’啊，真是一点不差。”于春哈哈大笑，也为之前的臭美感到不好意思，到底是年轻，没有经验。

烤火是烤火，但他俩一想，自己是留下来灭火的呀，还是得把别处的火星子都扑灭了。没有工具，他们就跑到附近山洼里去，用脚踹下积雪，捧在手里面，一趟一趟端到有火星的地方。一共就十多个树墩子，他俩端了一宿，才终于把这些树墩子盖灭了，只留一个烤火的。当时，两人都穿的是单裤，也没有毛裤、秋裤，吴景昌只穿一件绒衣，于春幸好还有件鹿夹克穿，整夜里活受罪了。“这种冷，这辈子都忘不了。”

到了后半夜，狼开始一个劲儿地叫唤。这在塞罕坝倒也不是多新鲜的事儿，但以前听狼叫，多半是在窝棚里睡觉，跟大伙儿在一块儿，不比现在，只有两个人在刚着过火的树林子里头。前不着村后不着店，于春和吴景昌被吓得够呛，有点动静就一惊一乍的。“我当时才 22 岁，吴景昌大我 8 岁，胆子也大，他就跟我说，着火的地方野兽不敢来，它要是敢过来，咱们拿着火棒一捅就能把它吓跑。看吴景昌说得跟真的一样，我才慢慢不害怕了。”很多年以后，于春经常会想起那个寒冷又胆战心惊的夜晚，那个在孤独中灵魂得到成长的夜晚。

于春和吴景昌在山上守夜的这一年，懂点驾驶技术的董加伦也上坝了，被分在机务队开拖拉机。

那时候劳动的条件很差，开拖拉机是个技术活儿，就林场职工来说，这是个挺让人羡慕的职业，很多年轻人都希望能到机务队开拖拉机。

“但开拖拉机看着风光，能整天摆弄摆弄机器，其实，和林场所有的工作一样——没一个是轻松的。”董加伦说。

他说，开拖拉机比较脏，整天和黄油打交道，脸上、身上、衣服上都是脏兮兮的。坝上没条件洗澡，大家伙儿都不洗，除非赶上什么时候到城里去一趟才会洗。“最多就是晚上干完活后到宿舍洗洗手洗洗脸，连脚都不洗，为啥不洗脚？因为没热水啊。任凭你再干净的小伙子，到了我们机务队，也变成了糙汉子。”董加伦说，环境就是有这么一点点地改变人、塑造人的神奇力量。

塞罕坝林场最初建立时命名为“机械林场”，就是承担了探索机械造林的使命，尽管后来发现，塞罕坝的大部分土地不适合用机械造林，林场名字里的“机械”二字也没再去掉。

董加伦给我们介绍了机械造林的过程，讲得饶有兴味：

“机务队专门管机械造林，除了我们机务人员，还有一部分林业技术人员。造林前，林业技术人员先把当年的造林设计图拿出来，都是铅印的，然后发到每个机组。造林一般是以机组为单位，每个机组负责哪几个地块、从哪几块开始造、路线怎么走，每个地块苗子的假植点在哪里、每个假植点放多少苗子，机组人员是谁、车长是谁、负责人是谁、驾驶员是谁、修理工是谁，设计图上都标得清清楚楚、明明白白，我们看完之后一目了然，就知道这林子该怎么种了。

“造林前，我们还会开个动员会。领导一声令下，我们就开

探讨造林经验

着拖拉机，拿着造林工具，拉着树苗上了山，就跟上战场一样有气势。整个科室里，除留下一个人值班以外，所有人都要去造林。到了各作业点，能生火的就生火，能做饭的就做饭，医务人员也背着药箱来回巡查，看有没有人不小心受伤的。总之，每次造林都是一副热火朝天的景象，大家都争取多干点力所能及的活儿。

“总场和分场的领导也都下到各作业点去指挥和工作，与我们同吃同住同劳动。有的作业区有少量的房子，那也是很少，都让妇女和小孩以及后勤人员住，大部分人员都住帐篷，不管是年轻的小伙子，还是年龄已经不小了的场领导。吃饭时，领导也是和大家一块儿吃，都是在食堂排队买饭，大家吃什么领导就吃什么，没有人单独开小灶。

“春秋翻地的时候最忙，我们都是两班倒，歇人不歇马，一辆车，四个人两班倒。坝上虽然冷，但最苦的时候正好是我身体最好的时候，所以也没有感到太受罪。白天中午在山上吃，作业点去给我们送饭，当然也只有干粮和咸菜。那个时候每个人都发了一个小的军用水壶，大伙儿走之前带点水，这样一天基本就能过得去了。”

董加伦是个大大咧咧的人，生活上的苦处都还过得去，但他也有不适应的时候，最不适应的就是精神上的寂寞。塞罕坝位置偏僻，离县城很远，没有任何娱乐生活，电视看不上、广播听不着、书也没几本，这些城里来的大学生、创业者就像是生活在一个与世隔绝的地方。外面发生了什么，他们几乎全不知道。

董加伦来林场后的头两年里，一次都没下去过。直到第三年才回家探亲，下了一次坝，结果在大街上看着什么都新鲜，有人，有商场，有自行车，有除白、灰、绿之外的颜色……“后来有一次我还去了北京，看着北京人穿得漂漂亮亮的，精神状态也很自信，我觉得自己真是从‘深山老林’里来的，像个傻子一样。”董加伦辛酸地笑着说。

“那时候造林大家伙儿都挺慎重，也挺认真的。我印象最深的就是每到春季造林的时候总场成立造林指挥部，都是场长书记挂帅，下面再分几个组，什么后勤组、生产组、宣传组，都有组织机构，都张榜贴出来，都贴到办公室或是显眼的地方。每年造林都有指挥部，各分场也有个造林指挥部，到了每个作业区直接造林的地方也有造林指挥部，也是分得这么细。造林时墙上大都贴上标语，什么保证造林质量了，什么一不怕苦二不怕累呀，和现在的宣传差不多。”董加伦平和地笑着。

那会儿的人好像思想简单，没有那么多私心杂念。当时，工人有什么事情都找林场，领导什么都为职工着想。董加伦还记得发工资时，机务队大多数人都借钱。每个月都这样，这个月借十块，下个月借十块，那个时候都借公家钱，个人都穷没有钱可借。

机械林场就像一个小社会，吃喝拉撒，就医，上学，场子，什么都要管，就像是一个大家庭的管理。林场的家属们，都是自给自足种山药、胡萝卜还有莜麦。林场子弟从小就跟着大人上山栽树，什么燕子窑、三道河口、长腿泡子、二龙泉这些地方他们都去过、住过。孩子们去的时候，也跟大人一起住窝棚。那个时候领导都不搞特殊，大家一起干活，领导带头干，特别是体力活。

在塞罕坝上待过的人，无论时间长短，都对林场的吃食记忆深刻。因为实在是太艰苦了，几乎就没什么可吃的。

偏偏，李树到林场的第一份工作就是做饭，这可真是难为他了。大家工作这么辛苦，李树真想给大家做点好吃的，让大家日复一日的劳作中有一丝甜味，但坝上什么好吃的都没有，连吃饱都很困难。

“到了林场以后，我先在烟子窑作业区做了一年的饭，所以要说当时大家在吃上有多苦，我是最清楚的，真的是巧妇难为无米之炊。那时候主要吃莜面和棒子面，棒子面都很少，几乎顿顿没有菜，主要是打莜面：在大铁锅里烧开水，把莜面放在开水里搅拌，把莜面搅拌成小块，再用篦子蒸熟。蒸熟了就可以就着咸菜吃。”李树眯着眼回想，“那时哪儿有菜呀，冬天就吃冻白菜。冻白菜是最难吃的，没有油，只能在白水里放盐熬。大家都不爱吃我做的饭，可是没办法呀，不吃就饿，等饿极了就吃了。只有偶尔的时候，我们能吃顿黑白面，当时吃着可香了，但现在也没人吃了。”

做了一年多的饭，李树被调去开拖拉机，一开始开的是东方红413。有一年，李树和带他的师傅闫瑞路去二道河口翻地，俩人一组，白天黑夜轮流翻地，每天累得腰都直不起来。有一次晚上翻地，他们两个人就在车上睡着了，等醒来的时候一看，车自己跑到梁上去了！原来车是被憋灭的，链轨都掉了。他开了三年的链轨车，接着就开沃尔苏斯。

李树说，在外面翻地时，狼、獾子等动物常常跟着人，狼最多，最多的一次李树看见了五匹狼。

开车翻一天地，整个人就跟泥人一样，全身都是土，也没地方洗澡。吃饭的时候也不讲究了，洗把手洗把脸就吃。

李树记忆深刻的事是，吃不太饱就干活儿。买饭都买一两的饭，食堂的大师傅都没法给盛。开拖拉机的时候，住窝棚，在地上搭起来，直接铺上褥子就睡。

“翻地的时候在作业区吃，中午有人给送饭。喝水都喝河套水。一棵松那儿有个大泡子，在那儿干活就吃那儿的水。水有时清，有时浑，我们根本不管水有没有味，能做饭吃就行。饭就是莜面和咸菜，没有菜。吃得好一点的就是馒头，饺子根本吃不到。”

李树说：“吃不饱、吃不好是我们这些人共同的记忆，天天吃黑莜面和咸菜，我却一点也想不起它们的味道了，记得最清楚的，反而是肉的味道。有一年，队里有人去总场拉猪，结果有一头猪不知怎的从车上掉了下来，当场就摔死了。猪一死，人们都两眼冒了绿光。我们二十几个人，把这头死猪大卸八块，放在锅里就给炖了。当时也没有什么调料，也没有白菜，没有粉条，白水里放了点盐，大家还抢起来没完。吃完炖猪肉，我们又把莜面泡在汤里，连肉带面带汤吃了个底朝天。”

李树苦笑着回忆，那会儿大概是1963年。猪不大，大概七八十斤，大家抢着吃猪肉。刚吃完，大伙儿还在咂巴嘴，一名同志突然说自己“要不行了”，把大伙儿吓一跳，以为是突然犯病了。

“（当时）把高玉华吃得不行了，往围场送，到围场没事了，原来是吃撑了。20多个人吃猪肉，还有一个吃撑的送到五间房，路不好走，来回一颠就没事了，就是吃撑了……那时候二道河口和三道河口河里的细鳞鱼可多了，没事我们就捞鱼，熬鱼汤喝。”对李树来说，这些苦中作乐的事情都是他珍贵的回忆。

“那炖肉的味道，我到现在还记得，哪怕后来吃了那么多顿猪肉，一个赛一个好吃，但要说最好吃的，还是那次白水炖猪肉。”采访的最后，李树再次强调了艰难岁月里的一点肉味儿是多么珍贵，令人经年难忘。

李树开沃尔苏斯的时候，曾翻过几次车。让他印象最深刻的一次是在阴河。“那时林场刚造林，我开车运苗子，在岱尹梁车翻了，人都没事，车也没事。车翻了找车拽，再找人装苗子，再往回走。”

还有一次是1976年，他在承德防空洞翻过一次，那是从承德往林场拉水泥的车。“大概是夏天，我和车上另外一个人把一车水泥卸了，再拽车，再装车。说来也奇怪，那会儿的人都没有什么怨气，就是那么干工作，把任务都完成，什么都不寻思。”

那时候，人们的思想似乎格外单纯。还是小机械林场的时候，军马场那边着火了，大家都去打火。“从北烟子窑那边一直打到军马场二龙川那边。下午4点多钟，大家非常渴，都趴在泡子边喝水。泡子里都是雪化的水，谁都不在乎，大家伙儿都没怨言。那时大家伙儿人心特别齐，一听说打火都出去，背着炒面出去打火。炒面是专门为打火准备的。那会儿我在机务队呢，机务队管得特别严。冬天在坝上修车，天气很冷，都躺在地上修车，根本伸不出手，只能用柴火取暖。从部队来锻炼的一位同事，早上起来锻炼，从总场跑到马蹄坑再回来，冻得都伸不出手。”

战备转移那年，李树从围场开车往林场拉东西，车又坏在阴河的一段路上。当时车走不了，天又黑了，李树就把车停在那儿，然后回林场睡觉。第二天早上起来去拽车，他突然看到一位母亲抱着孩子在冰天雪地里走。那时候是冬天，小孩都快要冻死了，李树决定开车将她们母女送到围场。当时前不着村后不着店，不然的话她们就会有危险。

塞罕坝极端的自然条件，对男人来说，都是极大的挑战，对女人就更甚。

在采访中，我们经常听到“她们”在工作中巾帼不让须眉的故事，但与她们面对面坐下来，聊开了，她们才渐渐吐露生活、工作的艰辛、辛酸，尤其是既要工作又要抚育儿女。如果说中华人民共和国成立后妇女解放运动使得中国女性地位快速上升，妇女能顶半边天，那么塞罕坝上的这些巾帼则证明了，即使在极端恶劣的自然环境中，中国妇女也不曾退缩，做出了与男子可比肩、相媲美的贡献。

周秀珍就是这样一位令人肃然起敬的女性。

她 1962 年上塞罕坝，从此扎根。在北曼甸林场一共待了 21 年，其中有 19 年在苗圃，从种子处理到苗木出土，包括整地、播种、薅草、松土、打药等，几乎什么活儿都干过。

“当时分到北曼甸林场的还有我们农校的其他九个人，就我一个是女的。我记得那天是总场派车送我们去的，车上拉着办公桌、锅灶还有我们的行李，司机是老穆师傅，连人带东西整整拉了一汽车。北曼甸那会儿是新建的一个林场，它是从阴河林场分出来的。林场从当地的大队买了两栋房子，共24间房子。这两栋房子是前后院，前边一栋是家属院，后边一栋是办公室、库房、职工宿舍和食堂。因为当时房子紧张，就我一个女同志，如果给我一个人弄间宿舍就太浪费了，于是就把我安排到姜家店村当地小学跟学生们一起住。”周秀珍回忆道。

刚开始时，塞罕坝林场采用的是遮光育苗，播完种后要在苗床上铺一层草，目的是保暖。等苗子长出来后，再一点儿一点儿地把草给扒出来，不然草就会伤苗子。等到1967年，北曼甸林场的苗圃就开始全光育苗了。

高台阶苗圃是山间苗圃，正是在两山夹一沟里，依着山势形成的一片坡地，而且还是涝塔子地，用不了水车浇水，只能靠人工拿大喷壶浇水。而且，高台阶苗圃不仅是涝塔子地，土层底下还全是蜗牛石，没法机械化作业。

就这么靠人力干了10年，到1972年，周秀珍他们终于有能力开始改造苗圃地。

他们先把地表层的土挖出来，有的地方还没挖一尺深就有石头了，能搬的小石头就自己搬，搬不动的大石头就几个人抬。当时也没有什么机器，只能全靠人工。而且，只有从大唤起林场调来的郝贵林是男同志，剩下的全是女同志。

高台阶苗圃面积约100亩，面积非常大，但改造时间只有

圃地育苗

秋天起完苗子后到入冬的很短的一段时间。

为了不耽误来年正常的育苗工作，周秀珍等人加班加点、黑白倒班地干，一直干到入冬后。就这样陆续改造了三四年，才有了现如今平平整整的苗圃地。

“现在苗圃平平整整的，看起来好像本来就这样，但当时我们吃的苦、受的累却很难用语言表达出来。”周秀珍说，“当时的人都很单纯，没有一个人喊过累、说过苦，大伙儿都一心一意地干，生怕落在后面。”

“我那会儿在苗圃不光是干活，我一个人还身兼数职呢，一个是领工员，告诉别人怎么干活；再一个是统计员，你得把苗圃地这一天多少人干多少活统计出来，有加班的时候还得以小时统计，别给人家落下工；还得当技术员。下班回到家吃完饭安顿好孩子后，我得把这一天的工作总结出来，计划明天的工作咋干，用什么工具，用多少都得提前想好了。”周秀珍笑得朴实。

周秀珍的丈夫叫郭玉德，也是林场职工，他俩是 1964 年结的婚。

周秀珍回忆，当时婆婆给她做了一身半新的衣服，又给了新被面褥面。婚礼非常简单，双方家长都没来。当时，郭玉德还在十间房营林区工作，直到 1972 年他才调回北曼甸林场。

说是同在林场工作，但林场方圆百万亩地，工作又非常繁忙，夫妻二人跟“异地”没什么区别。不过，这样的情况在当时的塞罕坝林场乃至全中国都很常见，周秀珍也就不觉得自己做出了多大的牺牲。

唯独对孩子，她的心里总是充满了愧疚。第二个孩子郭勇一周岁半的时候，就送到了姥姥家，让姥姥、舅妈帮着照看。第三个孩子郭伟出生之后，也是没人照顾。周秀珍的妹妹当时刚刚考上初中，为了照顾周秀珍的孩子，就直接辍学了。等到郭伟一周岁半的时候被送去姥姥家，周秀珍的妹妹才又接着去念书。

刚送去没几天，娘家就来信说郭伟病了。当时正是春季造林的时候，夫妻二人根本没时间回去，就托人弄点药给捎回去。又过了几天，家里来信说孩子的病越来越厉害了，让周秀珍回去看看。可是苗圃正是苗子换床的时候，她领着一帮人干活，根本没时间回去。

她就捎信回去，说赶紧带孩子去县医院住院吧。没过多久，家里又来了一封信，说孩子急性喉炎需要做手术，必须得让父母签字。直到这次，周秀珍才终于下了坝。

当时正值“文化大革命”时期，好医生大多“靠边站”，医院里几乎全是年轻的实习大夫，没有临床经验。动完手术后，孩子的病越来越厉害，不仅喉炎没治好，又感染了肺炎，高烧40℃，不管怎么打针、吃药，体温都降不下来。没办法，周秀珍又带着孩子，到承德医学院附属医院。

到了附属医院，大夫一看病得这么厉害，也不敢收，让他们想办法去北京看吧。

“这时候我是真着急呀，在我再三的恳求下，大夫抱着试试看的态度同意住院了。后来我们才知道，由于这次的治疗不及时，加上治疗方法不得当，孩子得了败血症。”周秀珍回忆道，“在医院前前后后共两个多月，孩子他爸因为工作太忙，只待了三四天就回去了。幸好，孩子出院后慢慢调理了过来，直到现在，每当一想起这件事我就心里难受，孩子是捡了条命呀！”

郭玉德回忆起在塞罕坝的日子，也是感慨颇多。“我们从承德农校毕业的这些学生是1962年9月来的林场，到林场以后就在林场待了一晚上。我记得是天黑以后到的，下车以后，林场给我们每个人发了俩包子，疙瘩白馅儿的，是全麸面的。为啥发包子？因为那天正好是中秋节。我们这些人在一个小礼堂里住了一宿。就睡地上，在地上铺上草，就那样住了一宿。第二天大汽车就把我们这些人拉到三道河口林场去收秋去了。”

收秋的时候，郭玉德和其他工人只能自己动手搭窝铺住。窝棚又潮又冷，他们就在那儿干了一个月。等到收完秋，他们就去四道沟清理火烧迹地。

“1963年我就调到北曼甸林场上班了。那会儿北曼甸林场的条件是非常差的，总场要是有人犯错误了，就都给发配到这儿上班。可是我们毕业刚分到林场，不知道这种情况呀，大汽车就把我们拉到了北曼甸。到了以后一看呀，是没地方住，也没地方吃，因为它是新建的林场嘛。”

当时，郭玉德和闫国良、冷铁强、陈长生四人，在一起待的时间最长，像湾湾沟、十间房、高台阶这几个作业区的造林护林基本上他们都转遍了。

“郭玉德跟王凤凯是比较幸运的，因为他们俩是护林员，有马骑，其他人就不行了，去哪儿都得走着去。

“当时国家正是经济困难时候，正处在‘调整、巩固、充实、提高’八字方针时期，上边的意思是暂时把他们这些人分到坝上去，作人才储备，必要的时候把他们再调回来。

“1964 年我们这些人应该回市里，当时承德市人事局就向咱们塞罕坝要人，回市里重新分配。我们是 1962 年上的坝，人家承德人事局还真是说话算话，就给王尚海打电话要人。你猜王尚海咋说，他说，你们需要有文化的人，我们也需要呀，我们不让走，这是他的原话。”

就这样，在王尚海的坚持下，郭玉德这批人就这样在林场待下来了。从 1962 年到 1979 年，他们一直为塞罕坝服务，“但那会儿没觉得什么。因为那会儿的人都一样干活，不论你是大学生、中专生，不论你是总场领导干部还是分场领导干部，都一样，跟大家一起干活，没啥两样。”那会儿，塞罕坝有个口号是

“同吃、同住、同劳动”。

“现在我们不是被授予时代楷模，上级组织全国学习塞罕坝精神嘛，这也是对塞罕坝的一种肯定，也是对塞罕坝人的一种肯定。也就是说过去的苦我们没有白吃，累也没有白受。我现在就是希望现在的年轻人要守护好这片林子，做到永续利用。”郭玉德说。

陈长生是跟郭玉德一同分配到坝上的。1962 年 9 月，他们一起毕业的 40 多个学生都被分配到了坝上。那一年，机械林场刚建，实在缺人，为了响应国家号召，陈长生决定服从分配。

1966 年，陈长生调到北曼甸，在南沟当过主任，育过苗。那会儿已经进入大面积造林阶段，郭玉德是主任，加上陈长生、杨国良，还有大学生刘文瑞，他们从西边御道口往头道沟牧场、四方泡子，一口气造到三瞪眼梁再到石庙子。

在十间房作业区，陈长生和郭玉德一起，在山上打窝铺，吃到哪里住到哪里。“你得保证树苗子好，要不整个造林不都完了吗？从假植到开始取苗子到保湿，整个过程都得有人跟着，比如你包哪几个社会劳力的窝铺就得跟他们在一起同吃同住，等林子造完了才能回营林区。我们那会儿来回跑都跑不起啊，来回四五十里地。”陈长生说。

分片造林，每个人分一片，老乡们吃什么，他们就吃什么。

那时候，大家都起早贪黑，老乡们什么时候起来，他们就得什么时候起来；老乡们什么时候收工，他们就得跟着什么时候收工。

陈长生的妻子朱玉兰说道：“我们是1963年结的婚，结婚后我没跟着他上坝上，而是在虹桥区卫生所当收费员。我是1967年的秋天上的林场，承德劳动局就直接下调令调过来了。在高台阶的时候就住在农村租的房子，对面屋，有个大锅。场子给拉柴火给租的屋子给弄的东西，简单的日常用品基本给弄齐了，就叫我安顿下来。当时我正怀着我大姑娘呢。我生她的时候老陈在作业区都没顾得回来。那会儿生产忙时，老陈一个月两个月不回家是常有的事。坐月子时都是自己做饭、洗衣服，老陈不在家呀，就我一个人；吃的就是莜面疙瘩汤。有30个鸡蛋我也舍不得吃，留着老陈回来吃。那会儿的生活真是苦啊！”

这是陈长生夫妻的坚持，也是坝上无数工作者的坚持。

王焕忠对苏联旧式的植苗机器颇有印象，在最开始的时候，造林工作进展很慢，主要是植苗机根本没办法下苗子。为了解决问题，林场找来了御道口的机务队长王贵，王贵对这些苏联来的旧式机器精通得很，但仍然用了几个小时的时间调整，最后，树苗算是能种下去了。

造林工作持续了七天，王焕忠等人就陪了七天，那时候根本没有帐篷，有条件的枕着马鞍子睡，没条件的找块苫布就凑合了。说到吃饭问题，王焕忠提道："那会儿都是大锅饭，不掏钱。第一顿饭给我印象最好了，是我最爱吃的花卷，炖的猪肉随便吃。"

在1964年马蹄坑水泉沟造林时，王焕忠也加入造林队伍，由于都是兄弟单位，所以他和同事们也拿不到工资。即使如此，王焕忠干得也是热火朝天。

1969年，王焕忠被借调到机械林场，主要负责后勤管理工作，用他自己的话说就是"吃喝拉撒睡都是我给弄着"。直到1974年，王焕忠才正式进入机械林场工作，这时他成为整个机械林场的库管员。

看上去是个轻松的差事，可在塞罕坝，哪有轻松的工作。在担任库管员期间，王焕忠没少"遭罪"。每年冬天双脚都会被冻成"包子"，穿什么都疼，走路都成问题。在他的记忆里，1978年雨凇灾害时，大家伙儿都没少遭罪。

当时，王焕忠和一个同事为了给林场的大伙儿弄些肉吃，在易家河、黑城子和多伦等地四处寻找卖猪的人家。他和同事先坐车到了黑城子，在那里想要收猪并不容易。王焕忠说自己一辈子都忘不了这个经历，能活着回来真算是一件好事了。

王焕忠清晰地记得当时的经历，他说："到四道河口那里拉肉，车就掉进河里的冰窟窿里了，没办法就到蔡木山求他们那儿的书记，让他们想办法给弄下，我从四道河口走到蔡木山走了八个小时，八里地走了八个小时，哎呀，那个雪那叫大。我跟人家哭着说的，最后人家到易家河农场调来一辆大型的东方红才给弄出来。”

王焕忠与妻子在1965年成婚，妻子在1974年也搬到了机械林场。他们的儿子最初是在御道口红泉沟牧场上一年级，到了二年级的时候，就来了机械林场。来到林场后，孩子除了要按时上学，在课余时间还会参加造林活动。

王焕忠形容：“那会儿所有的机械林场的子女没有一个不跟着造林的，咱们机械林场有个规定，学校的孩子如果家里人不在，就由学校老师带着，这是刘文仕和孙云普他们俩的规定。如果是幼儿园，家里人不来学校不能给放出去，就在幼儿园给看着，老师不能下班。”

当时的机械林场就像个大家庭，在王焕忠印象中，在1976年以前，林场的人家从来也没锁过门。

与王焕忠一样，吕秉臣夫妇也是机械林场的老一辈建设者。他对自己在机械林场的工作生活也记忆犹新，每次与别人谈起塞罕坝机械林场，他们都会将自己对这里的感情讲上一番。

吕秉臣是在1962年9月来到机械林场的，最初他被分配到三乡响水苗圃。机械林场在建场之初，担负着巨大的造林任务。想要造林就需要苗木，从吉林等地运来的苗木，经过长途运输后，根部缺水严重，因而成活率会低很多。为此，林场建设了许多苗圃，开展自主育苗工作。

吕秉臣去的响水苗圃就是在当时建设的。响水距离三乡有四五十里路，一路上全是山，只有一条小路可以通过。大的车辆自然是无法通行的，大家就只能赶着牛车来回。实际上，这条可以走牛车的路本来也是没有的，当时就是为了建苗圃，林场才修了这条小路，也没特意建设，就只能走牛车。

吕秉臣所在的响水营林区常住的只有三五个人，因此苗圃面积也不大，只有十几亩地。吕秉臣是苗圃的技术员，在那里工作了九年时间。初出茅庐的吕秉臣对实际的育苗技术了解得并不深入，这是大多数年轻建设者的通病。

为此，林场就请龙头山林场的技术员为大家讲解育苗实际操作过程中的细节，需要注意什么，需要做些什么等。此外，林场还组织人员去外地学习，到松花江苗圃学习实践经验，然后再应用到塞罕坝林场的育苗工作中。

育苗工作在林场建设前几年效果并不好，所有机械林场的苗圃产苗量都比较低。吕秉臣和其他人一起对林场育苗的实际情况进行研究探索，慢慢地做出了一点成绩，育出了一些像样的苗木。

在改用全光育苗方法后，因为苗木接受光照的时间比较长，所以节省了不少人工和用料，同时苗木还生长得很茁壮。成本降低了，苗木质量提高了，机械林场苗圃的育苗工作算是取得了成功。

除苗圃的育苗工作外，吕秉臣还会帮忙去搞营林、育林，上山施工。基本上涉及技术方面的工作，苗圃的技术员都需要负责。也正是在这种情况下，吕秉臣才学到了不少育苗营林的硬技术。

吕秉臣的妻子刘姨是在1964年来到塞罕坝的，因为没有交通工具，她只能坐着大马车上坝。来到营林区，眼前的景象着实让她惊讶，遍地的牲畜粪便，臭味扑面而来。

刘姨到了响水后主要在苗圃负责栽苗、换床，到了冬天，还需要负责起苗打枝和剪枝工作。对于在响水的生活，她形容道：“我在那沟里待了几天说啥也待不了，那儿的水也喝不了，饭也吃不了，晚上还听着狼叫唤。当时闻哪儿都是羊膻味儿，把我熏得实在不行，晚上也睡不着觉啊。他在苗圃地育苗，我就在苗圃地干活。”

每天一早，刘姨都会挎个小水桶，拿着苗子和铲子去山上栽苗，晚上回来的时候，还需要顺手捡些柴火，用来烧饭。在形容和丈夫居住的地方时，刘姨开玩笑似的说道：“那会儿我们住的是羊圈侧面一个小屋子，就是给羊盖的棚子，羊住这边，人住那边。这还是羊倌原来住的地方。我们来了以后没有地方住，人家羊倌给房子倒出来了，搭个炕搭个墙锅台就住下了，就等于没事我们还得看羊。”

当时结婚时，吕秉臣夫妇只带了两个大纸箱子和一口锅、两个碗，就来到了机械林场。因为没有煤，只能在门框上挂个大门帘子，能挡住风，但无法保暖。孩子在屋子里冻得直叫唤，不来回运动，身子就热不起来。

在特殊时期，刘姨自己留在家里，一个人挑水做饭，照顾孩子。冬天的河套是没有水的，全都冻上了，想要取水，就要去井边弄。来回二里路，刘姨只能半桶半桶地挑水，再加上大雪天路面光滑难行，挑一趟水需要不少时间。

当然，除了吕秉臣夫妇，塞罕坝的“创业夫妻档”还有很多。

“我是 1958 年的 4 月 12 号来的，河北省林业厅建小机械林场的时候，我们来了 27 个人，带着两台解放牌汽车。这 27 个人是省厅从省里各个林场抽调出来的年轻的、不怕苦的、有一定技术专长的人，我是从西京林业研究所抽调过来的，来之前领导就先给我们打了预防针，说围场坝上那个地方比较偏僻，条件很苦，苦到连厕所都没有。”时任北曼甸林场场长兼书记、总场工交科科长的桂福振说道。

当时，桂福振和其他 26 个人分别乘坐两辆解放车上的坝，当时开车的是张义。那时候，承德地区就两辆解放牌汽车，全都归林场所有，这两辆汽车是省厅直接调给林场的，因此，桂福振等人坐在车上时心情还是很舒畅的。

4 月 12 日下午 6 点多，桂福振一行人到了林场，车子开不进去，只能在河套那边下车。桂福振背着行李，踩着塄塔子的塔头，深一脚浅一脚地走过河套，裤子全都湿了。

坝上给桂福振的第一印象就是满目荒凉，“场子就几间破房子，是个四合院，全是土垒的墙，房顶苫的草。东屋是养牛羊的，西屋没人住，我们就在那儿住下。”南屋住着两个人，一个是魏信，另一个是张效中，这里就是桂福振等人居住和办公的地方。

放下行李，他们就开始做饭，“小米是当时司机师傅在围场给买的，还有咸菜。我们就用柳条子刷刷锅，天黑了，也不知道干净不干净，大伙儿把小米饭全吃了。第二天早上起来后一看，锅边上全是牛羊粪的粪渣。”

除了吃的不行，住的地方也没有炕席，大家只能铺点草，搭上自己的被褥就睡。没过多长时间，林场雇围场建筑队的去坝上盖房子。当时盖房子都用桦木，在现在小礼堂的正北边盖了三栋房子，有职工宿舍，家属住的房子，还有一个三间房的食堂。

桂福振自从来到林场，就很少回易县老家。“那时候我一个月挣 27 元钱，一个是不敢回去，因为没有钱；另一个是不能回去，还是因为兜里没钱，一般我都是两年回一趟家。”桂福振笑着说道。

桂福振的妻子是白城林业机械化学校毕业的，她 1963 年毕业后，就被分配到林场工作。“那会儿我们女同志干活虽说比男同志轻快一点儿，可是我们也啥都干，开拖拉机、耙地、造林、投苗。”提到跟桂福振结婚的场景，桂福振的妻子笑道，“我俩是 1964 年结的婚，甭提了，结婚时啥都没有。第二年我大儿子出生了，坐月子时候公家给你桂叔三天假，所谓的三天假就是每天他可以晚去一会儿，下班时候可以早回来一会儿。可是那时候工作紧张，他从来没按时回来给我做过饭，饿得我就吃炒面，坐月子没人管。”

就这样，没人看孩子成了桂福振夫妻俩的大问题。那时候，他们俩都得上班，孩子只能送到别人家雇人看着。1964 年结婚后，桂福振夫妻俩回过湖北老家一次，然后直到 1969 年桂福振妻子的母亲病重，她才又回了一次老家。“那时候挣钱少，交通不方便，再有工作忙，基本上不怎么回家。我老母亲 1978 年去世的时候我都没赶回去，一直到 1981 年我才又回了一次老家。”

塞罕坝上的奋斗者还有很多，从第一代建设者到第三代建设者，到现在，依然有数不清的建设者前往塞罕坝。奋斗者是幸福的，虽然身处冰天雪地，物质条件和生活条件都难以得到有效保证，这些塞罕坝的奋斗者依然为了心中的信念而奋力拼搏。

第八章

在摸索中奋斗

第八章　在摸索中奋斗

在建设初期，“东林人”不光是技术员，筛选种子、就地育苗，研究各树种的生长适应情况，让树木在塞罕坝扎根、成活，全交到了坝上仅有的本科学生身上，最终他们实现了树苗集体抗逆，在实践中发明了抵御恶劣气候的“全光育苗法”。最艰巨的调集种子的工作，也全都交给了包括葛清晨、李信在内的东林毕业生。

1966 年前后，葛清晨被要求寻找当时受国家管制和保护、不可能在市场上买到的樟子松种子。思来想去，他把主意打到了在黑龙江省林业厅工作的同学头上，硬着头皮天天去林业厅软磨硬泡，每天跟着别人上下班，过了一个月，9 斤珍贵的樟子松种子才被争取下来。

拿到种子，育苗工作才真正开始。塞罕坝人最苦恼的工作之一就是育苗，在出苗和天气变化的时间节点，要不眠不休地观测气象和看护幼苗。因为任何一个环节的失误，都会导致满盘皆输的结果。

既要保证树木幼苗有足够的生长时间，以此对抗严冬，又要保证幼苗不会在萌芽期被冻死。出于这种考虑，林场工作人员必须在开春播种时把握好时机。只有刚刚好的气温，才能让种子达到裂口而没有抽芽的状态，这也是春播最理想的状态。在春播之前，林场没有哪位技术员能睡一晚整觉。

如果观测到气温上升得快，但种子的状态还不足以萌芽，他们就要把火炕烧得更热，以此催促种子早日从睡梦中醒来；如果观测到气温仍然很低，但种子已经有要抽芽的迹象，他们就要将环境温度降低，以此延迟种子抽芽的时间。

不仅如此，播种覆土也是一项技术活。关于播种覆土，林场的技术员们还总结出一句口诀："大筛大晃，小步轻移。"这是为了薄厚均匀地覆土，如果太薄，就不能防风保暖，如果太厚，又会限制树种的抽芽生长。

到这一步，还不能歇口气，技术员们还要随时观察温度变化。如果头一天，夜里温度降到 2℃，那就意味着第二日会有霜冻到来，必须升起烟雾驱散水汽。

全光育苗法就是大家在艰苦的环境中一点一点摸索出来的。

"虽然学校里学习的是遮阴育苗，但是在实际工作中发现，遮阴育苗确实出苗率高，可是这些苗木，经不了风雪，生长不好，存活率低，变得十分脆弱。"以往的林科指导性教材介绍落叶松是阳性树种，幼苗期耐不了高温和阳光直射，通常采用遮阴育苗法，但塞罕坝的高寒气候让遮阴育苗法走到了死路。李兴源决定反其道而行之，在育苗期采用全光，经过多次试验对比，全光育苗的落叶松树苗反倒更为茁壮，更能适应低温干燥的自然环境，这也是国内首次在高寒地区取得全光育苗成功，经过三四年的大胆实验和谨慎求证，全光育苗法被全面推广。

在实际工作中，李兴源还发现落叶松在育苗期时并不惧怕低温，因此，只要保证林场的落叶松有足够的密度，就能让树苗集体抗逆，抵御恶劣气候。这样就不需要林场人员额外进行保温工作，极大地节约了物力人力。就这样，经过林场技术人员培育出的幼苗，能通过早春播种、夏秋管护和冬季雪藏，并且棵棵壮实。

“侧根发达的树苗，我们叫作‘包禄’胡子，长成那样的都是好苗子。”李兴源说道。包禄是东林毕业生，调皮的同学们因其留着一把小胡子，所以将侧根发达的一等树苗形容成“包禄”胡子。

塞罕坝的落叶松树苗高和地径比不超过70，落叶松的一等苗标准是苗株短粗，根须需像大胡子一样发达，这个标准比林业部的标准高很多。

塞罕坝林场人有一项共识：“虽然咱的职务叫作技术员，但是绝不能光搞技术。技术员们不但要把握技术要领和时间节点，到干活的时候，还得一马当先做标准行，根据技术员的标准要求其他人的工程质量。”

说起这段往事，李兴源和吕秉臣的自嘲里泛着波澜不惊的骄傲：“那哪是技术员啊，技术员光管技术就行了，我们是技术得管，活得干，还必须干得好，干得漂亮！”

林场工作的重中之重是防火。

森林大多为人工针叶林，林下、路边蒿草茂密，可燃物多，风大物燥，森林连片分布的塞罕坝，一旦发生火灾，极易造成“火烧连营”这样不堪设想的后果。

坝上草原也是着火的危险之地，它主要有这几种导火索：当地人吸烟、外来人员带来的火种以及天灾雷击等。这些年随着旅游资源的大力开发，每年到坝上旅游的人员超过一百万，而且增长得越来越快，游客随便丢弃一个烟头，就可能造成一场无法预知的山火，所以塞罕坝严禁带火种，禁止吸烟。就算这样也无法做到万无一失。

在每年冬季大雪降下之前，塞罕坝处于防火的最紧要时期，所有人员节假日不休息，就连后勤的机关人员也要承担巡山防火的任务，此时进入塞罕坝上的车辆就会看到这样一种景象，只要有车辆从护林员身边驶过，他们就会迅速扯开一个醒目的三角牌，“护林防火”四个红色大字清晰入目。这样的标志，每隔几百米就能看见一次，时刻提醒人们要注意防火。

刘文仕、李兴源、李信等管理工作人员，建立了严格的防火制度，确定了防火要“打早、打小、打了”的森林防火和扑救目的。

过去那种由厂长骑着马巡察护林员在岗情况的历史，已经不复存在。从20世纪90年代开始，塞罕坝瞭望台上的“摇把子”渐渐退出了历史舞台，无线通信设备启用，4G信号更是前几年就已经全面覆盖，林场甚至还研发了森林防火和扑火的App，配置了定位终端，护林员实现定位管理、实时监控和签到提醒。

随着科学技术的快速更新，管理手段更为先进，但是有一个中心思想没变:“护林防火，就是防人管人。”“老一代森林工作者留下的很多基本管理制度，护林防火、森林经营的制度一直沿用至今，非常科学实用。”现任机械总厂副厂长张向忠说。

护林除了防火，另外一个就是防虫。保护区里树种很单一，基本都是人工林，旦虫害泛滥，后果不堪设想。

每年到了4月甚至能听到虫子啃食树叶的嘎吱嘎吱的声音，这是松毛虫上树的季节。这时候一定要对虫害发生的地点、面积、密度等进行仔细观察，若虫灾形成，就要立即投入力量扑灭。

20世纪80年代，塞罕坝开始使用飞机对树木进行大面积的药物喷洒，为了保证喷洒地点准确，林场必须使用人工举旗的方式进行地点标示。“不同颜色的旗帜代表的意思不同，我得坐在飞机上看旗子指挥洒药。现在好了，有了卫星导航，动动手指头就能确定喷洒范围，再也不用人工举旗了。”李信笑着说道。

李兴源说，有一次在松毛虫泛滥的季节，所有人都在高度戒备，却意外发现虫尸成团地堆在一起，大批虫子莫名其妙死亡。经过北京的科研机构鉴定，发现让松毛虫送命的是某种病毒，于是，塞罕坝人开始尝试与科研机构联合，利用生物天敌防治虫害，以求少用药甚至不用药，利用生物手段达到生态平衡。

在大雪封山的季节，火灾和虫害的危险就可以不用考虑了，然而某一年冬天，李兴源却发现，那些好不容易成活的樟子松幼树，竟然遭到了老鼠的“洗劫”！

老鼠专啃树皮，但人们却无法从远处发现什么，只有扒开积雪，才能发现隐藏在雪下的树皮都被老鼠啃光了。如果不能及时采取措施，这些被啃了树皮的樟子松就不可能再迎来春天。

怎么会是这样呢？技术人员反复地琢磨观察，终于搞清了其中的原因。原来塞罕坝冬天的气温特别低，老鼠很害怕这样的天气，而积雪有保暖作用，老鼠躲在雪底下比外面暖和多了。弄清原因以后，问题就好解决了。工作人员挖开积雪，设置隔离带，老鼠怕冷，就不敢出来。没有了老鼠的破坏，樟子松幼树就可以安全地过冬了。

落叶松还有一个重大威胁，那就是兔子。兔子爱吃落叶松的树尖，幼苗只要被兔子啃过，就没法长了。李兴源说，对付兔子只能发动群众，请坝上的老乡上山套兔子，网兔子，兔子的皮毛可以做衣服保暖，肉可以吃，老乡们积极性很高，经过一段时间的治理，坝上的兔子数量有了很明显的下降。

附：

1978年，“三北”防护林建设工程启动。按照规划，这一工程东起黑龙江宾县，西至新疆的乌孜别里山口，北抵北部边境，南沿海河、永定河、汾河、渭河、洮河下游、喀喇昆仑山，包括新疆、青海、甘肃、宁夏、内蒙古、陕西、山西、河北、辽宁、吉林、黑龙江、北京、天津等13个省、市、自治区的559个县（旗、区、市），总面积406.9万平方公里，占我国陆地面积的42.4%，是举世瞩目的环境改造工程。

1978年底，塞罕坝机械林场首任场长刘文仕被调任“三北”防护林建设局副局长。

1988年6月25日的《人民日报》刊载了一篇关于刘文仕的人物通讯，文中说，“在这个大千世界上，人们各有追求，共产党员刘文仕的追求是多栽几棵树。”

绿的追求

——“七一”前夕访共产党员刘文仕

刘　芳

1985年在墨西哥城举行的“第九届世界林业大会”上，中国代表团作了《中国北方防护林工程》的大会发言，引起了105个国家与会者的广泛赞誉和浓厚兴趣。面对着不同肤色的钦羡面孔，中国代表、“三北”防护林建设局副局长刘文仕同志感到无限的欣慰和自豪。

在这个大千世界上，人们各有追求，共产党员刘文仕的追求是多栽几棵树。早在29年前他就愉快地接受了组织的重托，离开美丽的承德山城，到荒无人烟的河北坝上筹建一座现代化的大林场。这地方是高寒区，六月里还在下霜，八月初又开始降雪了，天气最冷的时候要到零下43摄氏度左右。在这样一个黄沙漫漫、气候严寒的地方连续工作了将近20年，终于建成了塞罕坝林场——祖国北方最大的人工林海，木材积蓄量已达121万立方米。

1978年，举世瞩目的“三北”防护林建设工程开始了。这是继中华民族引以为荣的万里长城建筑之后，由共产党人领导建设的又一条更为恢宏壮阔的绿色长城。党决定派刘文仕和其他几位负责同志去那里指挥。此时他虽已鬓发斑白，但仍壮心不已，决心要和亿万人民一起，在西起新疆和田，东至黑龙江嫩江的漫长风沙线上，同危害人类已久的风魔沙害展开决战。

然而绿色的事业还没有开工，在领导班子内部却已开始了人为的斗争，而且越来越尖锐。在筹建“三北”防护林局时，有人提出三点决策。一是把黄土高原归水电部管，或把水利工程接过来；二是为了大面积造林，购买10万台拖拉机；三是把“三北”的大本营建在西安，这样既交通方便，又有一个较好的生活环境。但刘文仕却一一加以反驳。他说10万台拖拉机花钱太多，不能买；搞“三北”防护林建设靠的是各个部门通力协作，密切配合，不能“一家打天下”；在西安建基地离造林前线太远，不如把基地建在银川。由于不同的意见，刘文仕和自己的老领导闹翻了，而这位老领导，又是当时林业部的负责人之一。

以后不久，忽然有人到刘文仕老家承德，再以后，就传出刘文仕有八条罪状，说他是造反起家。流言蜚语，祸起萧墙，使他陷入深深的痛苦之中。为了这绿色的事业，他已经鞠躬尽瘁，竭尽全力了。他完全有理由留在美丽的山城，不再闯荡江湖，也可以遵从领导的意图，到古城西安享清福。林业部党组对刘文仕的“问题”非常重视，并进行了广泛的调查，澄清了是非，宣布那八条所谓“罪状”完全是“莫须有”。组织上充分肯定了他的成绩，并要他继续留在“三北”。这样，中华人民共和国林业部“三北”防护林建设局终于在银川正式成立了。

每逢回忆这段经历时，刘文仕总是告诉我们一个字也不要写。他说老领导为中国的林业已经立下汗马功劳，如今他年事已高，离休多年，不能再伤害他的感情，但历史又是任何人也不能隐瞒和删改的，老领导早不以这点小事而耿耿于怀。

“三北”防护林体系建设，是人类的一大创举。本世纪在这个星球上一共有三大绿色工程。前两项即“斯大林改造大自然计划”和美国的“防护林带工程”，虽然有的还在进行，但收效还不如“三北”防护林快。

工程一开始，刘文仕及局里的其他领导成员，就把办公的地点设在万里风沙线上。在“三北”地区所属的12个省市396个县（旗）中，老刘已经跑了300多个县。每到一地，他不是蜻蜓点水，走马观花，而是深入山头、戈壁的施工现场，帮助解决具体问题。

开始时，东北三省的造林进度有些缓慢，成活率也不高。老刘很着急，便亲赴辽宁，从掘苗、挖坑，到培土、浇水看了全过程。结果发现农民在用拖拉机运苗时，一般都是根部朝外，车行半路，司机们大都要到饭店用餐，树苗的根在外边风吹日晒，很快蔫了，所以成活率不高。

在辽宁的彰武县，他赶上一次县直机关干部突击造林，人山人海，十分壮观。老刘深入现场，发现每个树坑只有20厘米深，长长的根须全窝在泥土里。他站在一块大青石上，高声地喊道：“谁是这里的造林指挥？”县委书记老崔认识刘文仕，忙迎上去回答：“是本县的林业局长在指挥。”一听是学林的干部在指挥造林，老刘立时来了火气。当着2000多人的面说道：“这样的人当局长不够格。造林是百年大计，绝不能凑热闹搞形式。”他当即叫人把各单位的头头找来，教他们如何剪须根，如何培土浇水，说得大家心服口服。

在阜新市的一片河滩上，他发现那里的干部职工造林非常细致认真，用绳子划好线，栽得跟棋盘一样好看。市委书记见到老刘，以为这回不会受批评了，谁知，老刘要过一把锹，铲了两下，两道浓浓的眉又竖起来了。他说："你们把水都浇到表土上了，这是在糊弄自己呵。"市委书记马上通知返工。老刘蹲下身，仔细地看了一会儿说："不必了，用木楔子插两个孔，把水倒进去就行了。"

从辽宁到吉林、黑龙江，当时黑龙江省省长陈雷同志正与各县县长签订责任状，实行层层负责，一包到底，大大加快了进度。刘文仕了解了这一情况后，黑龙江的办法很快在全局加以推广。

刘文仕就是这样，像一个绿色的使者，飞到东、飞到西，到处在传播新鲜经验。截至今年上半年，"三北"已造林一亿一千多万亩，相当于"三北"地区从新中国成立至1977年28年造林保存面积的三倍，按全"三北"地区一亿一千万人口计算，每人已新造一亩防护林，遍布在41%的国土上。去年5月，他代表"三北"防护林建设局，从联合国环境计划署捧回了金质奖杯。这是我国第一次得到环境保护金奖。

面对这些荣誉，刘文仕感到不安了。他知道，这些成绩都是集体努力的结果，作为一个副局长，自己只起到了一个助手作用。历次重要会议，包括出国和领奖，拍电视和上电台，年轻的局长李建树总是让他去，几位新的领导成员都非常尊重和支持他这位将要离休的老同志，年轻人的心思他是懂得的，“三北”事业的勃勃生机正在他们身上。

（原载《人民日报》1988.06.25 第 4 版）

第九章 坝上悲歌

在科技人员的努力下，塞罕坝逐渐显出欣欣向荣的景象。然而好景不长，1966 年，史无前例的“文化大革命”爆发，社会的正常秩序被打断，党和国家的各项事业从此走上了一条长达十年的弯路。

尽管远在深山，但这场运动，同样蔓延到了塞罕坝。

顷刻间，原本一心一意搞生产建设的塞罕坝，党委和行政领导班子以及基层领导班子先后被夺权，职工队伍形成两派，造反、批斗、夺权、专政、分派别等运动成风，一些别有用心之徒借“阶级斗争”之名把持了政治权力，许多原本兢兢业业奋斗在一线岗位的职工受到了诬陷和迫害，被打成了“右派”“牛鬼蛇神”“特务”“走资派”等。

刚刚跨过技术的考验，又遇到了政治运动的难关，塞罕坝上呼啸而过的风，吹过茂盛的片片树林，发出了阵阵的悲鸣声。

当时塞罕坝林场的技术副场长张启恩，是受到冲击最为严重的人之一。

张启恩于1920年出生在河北省唐山市一个富裕家庭，从小便聪明伶俐、勤奋好学，显示出了与周围孩子截然不同的天分。

在那个80%的国人都是文盲的年代，张启恩并没有浪费自己的天资和优越的学习条件，以优异的成绩考入了北京大学农学院林学系。

中华人民共和国成立后，张启恩在林业部工作，由于理论水平高、业务能力强，被称为部里的“秀才”，是有名的“张大刷子”，在1958年曾获得过林业部“先进工作者”称号。

1962年塞罕坝机械林场建场之初，张启恩主动向领导请命，甘愿放弃北京舒适的生活和工作环境，来到了天寒地冻的塞罕坝。他被任命为林场主管技术的副场长。

他还把妻子孩子都带到了坝上。他的妻子张国秀到林场后，被安排在苗圃工作，和工人们一样从事最简单的手工劳动，事业从此荒废了。他的三个孩子本来正在北京上小学和幼儿园，来到坝上后只能上复式班[1]。张启恩夫妻俩都是高级知识分子，但他们的三个子女却没有一个能考上大学。

来到塞罕坝之后，张启恩以其丰厚的知识和坚毅的性格，成为林场技术上的领头羊。由于干工作马力十足，张启恩被场里的

[1] 把两个或两个以上年级的学生编成一班，由一位教师用不同的教材，在同一节课里对不同年级的学生进行教学的组织形式。

同志们称作“特号锅炉”。

是他，亲自带领调查队跑遍了全场四千多平方公里的山山水水，亲手制订了二十年总规划，为塞罕坝描绘了美好的绿色蓝图。

是他，主持了一个又一个技术现场会，总结经验教训，探讨种植理论，编写了《育苗技术细则》和《造林技术细则》，成为全场职工的技术指南。

是他，穿着光板皮袄，扎着一个麻绳，在这块不毛之地上栽下了一棵棵生命之树……

“天当房，地当床，草滩窝子做工房。”白天一身泥，晚上一身霜，披星戴月搞生产，经常住在地窨子里。吃不上蔬菜，就以盐水泡麦粒下饭。坝上的生活很艰苦，但张启恩并不在乎，他把全部精力都投入到了植树造林的事业中。

到塞罕坝工作时，张启恩还不是党员，但张启恩对党有着高度的忠诚，对事业有着卓越的追求，这些每一名职工都看在眼里、记在心间，但当“文化大革命”的风暴刮向塞罕坝时，张启恩无处可躲。

张启恩被打成“敌人”，在“造反派”看来是有着充分的理由的：

张启恩毕业于中国最高学府北京大学，是塞罕坝上文化水平最高的知识分子，是“反动学术权威”里最大的靶子。

中华人民共和国成立前，张启恩曾先后在日伪统治的北京华北农事试验林场和国民党统治的中央农业试验所北平分所任职，历史底子“不干净”。

张启恩出身的家庭虽不是大富大贵，但也较为富裕，留有“资产阶级遗毒”……

“文化大革命”开始后不久，张启恩就被拉下技术的“神坛”，成为“造反派”猛烈攻击的对象。

1967 年春季造林开始，此时的张启恩已经被“打倒”。“造反派”荒唐地称，张启恩制定的技术规范是资本主义的造林技术规范，要是按照他的法子种树，长出来的都是“资本主义的苗”。

所以，“造反派”强制张启恩离开了领导岗位和技术岗位，让他去从事繁重的体力活儿。

张启恩出身富裕家庭，从小干的重活儿就不多，又是一副书生脾气，来到塞罕坝后虽然常常身先士卒地干活儿，但同其他人比起来，还是显得有些弱不禁风。

结果，在这次造林过程中，由于常常白天干重活儿、夜里挨批斗，一段时间折腾下来，张启恩早已是无精打采、神情恍惚，在乘坐拖拉机时打了个瞌睡，手没抓牢把手，一下子摔到了地上。

摔倒之后，张启恩连连喊疼，冒了一头的冷汗。大家听到老场长的声音，都慌忙过来查看伤情，一摸他的腿就发现，腿当场摔断了。

几名职工眼看张启恩受了重伤，赶忙把他抬到拖拉机上，拉回了场部里。然而，张启恩的受伤，在“造反派”看来只不过是“破皮擦伤”，就随便去村里面找了个大夫，给张启恩正了正骨，敷了点土药。

结果没过几天，张启恩的伤势不仅没有好转，反而恶化了。莫说是下地活动，张启恩连躺着都得时刻忍受剧痛，他断裂的骨缝不断拉开，两条腿的长度差了将近十厘米，一时间把所有人都吓坏了。

既然村里的大夫接不上断腿，它又不可能突然就自己长好，而看着老场长受了这么大的罪，每天疼得龇牙咧嘴，许多职工心里都感到难受，于是，就有职工拉着张启恩去了承德医院。

但医院里当时也因为打派仗而闹得鸡飞狗跳，有能力、有经验的医生们早已被打成了反派，新上任的医生很多是专会“闹革命”，对于治病一窍不通，便没人愿意理会张启恩，随便找了个床位，就让他“等消息”。

实际上，在这些“革命小将”看来，张启恩本人就是个“反动学术权威”，是他们要打倒的对象，所以怎么能给坏人治病呢？就这样，张启恩在病床上白白躺了四十多天后，被勒令出院。

无奈之下，一名好心的场医偷偷护送张启恩来到北京治疗，但由于耽误的时间太长，医生早已回天乏术。出院时，张启恩的两条腿已经是一长一短，只能拄起了拐棍。

一个简单的骨折，被生生拖成了残疾。

张启恩拄着拐杖从北京回到了塞罕坝，之前那个风华正茂的老场长，成了一个瘸腿的糟老头子，许多职工都偷偷抹眼泪。然而，“造反派”并没有因此对他怀有丝毫的同情与愧疚，反而变本加厉地折磨他。

在一次批斗中，“造反派”要求张启恩扔掉拐杖，金鸡独立地站在雪地里，嘴里塞着冰块，脸上抹着猪屎。

虽然已经见识过“造反派”的“厉害”，但张启恩的心里一直憋着一口气，一句讨饶的话也不肯说。就这样，在冰天雪地里，张启恩用一条腿站了许久许久，最后整个身体都麻了，一下子摔倒在地上。

“造反派”看他出了洋相，不禁放声大笑，嘲弄他是“草鸡独立”，骂骂咧咧地走上前去，一巴掌把这位老场长的嘴角打出了血。

1969年，张启恩和全家老小被押送到了大唤起林场五十三号营林区。

因为张启恩落下了残疾无法干重活，林场便给他安排了一个敲钟的差事。

当——当——当——

这个沉重而响亮的钟声，成为张启恩唯一的陪伴。在这期间，张启恩空有一身本领却无处施展，为塞罕坝积累的无数研究资料也被付之一炬，还要时常遭受“造反派”为他准备的侮辱和责罚……

但张启恩并没有因此放弃对塞罕坝的热爱，更没有放弃对造林事业的追求。

成为敲钟人之后，张启恩不敢光明正大地去察看工作，但他常常趁没人起床的时候，偷偷到苗圃查看苗子的长势如何、有无病情。若有技术人员偷偷向他询问造林的技术问题，他更是乐开了花，毫无保留地将自己的知识倾囊相授：“你看，落叶松小苗破土时就是这个样子，像小毛笔头！正常状态颜色是这种新绿，如果发黄了，那就是水分不足；如果发黑了，那就是水分过多；立枯病与日灼都呈现出倒伏的状态，区别主要在根上，前者烂根，后者不烂根……”

在大唤起林场，那个曾经抚过每一株树木的钟声，敲响了塞罕坝上最让人尊敬的人格的警钟。

1979年，张启恩调任承德地区林业局林科所任所长，后调任河北省林业科学研究所任所长，始终没有离开他热爱的林业。

总场场长刘文仕，也在“文化大革命”期间被“造反派”打成了“死不悔改的走资派”，被批斗、强制劳动了整整七年。

刘文仕20多岁时便是团省委青工部长，30出头便担任承德地区林业局长，35岁来到塞罕坝林场担任场长，既是场里的大领导，又是一个“老革命”，资格老、威望高、人缘好，虽然已经被“打倒”，但“造反派”对他仍心有余悸，时常特意杀一杀他的“威风”。因而刘文仕在“文化大革命”期间，也遭受了比常人更多的不公平对待。

抬木头时，两个年轻的工人扛细的那头，四十来岁的刘文仕却要一个人抬粗的那头；

拉电锯时，刘文仕每次都是在最危险的上锯手的位置，比他人冒着更大的锯断手指、被树压倒的风险；

白天干完活，晚上“造反派”就给刘文仕的脖子上挂上十几斤重的铁链子，对他展开肆意的污蔑和批斗……

有一年大年三十，全场职工都停了工，一家人围着热气腾腾的年夜饭过大年，但“造反派”却让刘文仕一个人冒着零下30多摄氏度的严寒上山去打树枝。

大年三十的晚上，哪里非要抢在这一时打树枝？

刘文仕知道是“造反派”要“整”自己，但要是和他们吵起来，指不准他们又会给自己安上什么罪名。于是刘文仕二话没说，扛着五六米高的梯子就上了山。

到了山上，刘文仕把梯子靠在一棵大树上，由于只有他一个人上山，没有人扶着梯子，刘文仕特意摇了摇梯子，确保它牢稳地撑在地上。

结果，刘文仕刚爬上梯子顶端，就感到下面一阵晃动，他还没来得及看清下面发生了什么，就感到梯子歪向了别的地方，人也跟着重重地摔到了山坡上。

所幸的是，大雪为刘文仕缓冲了一部分冲击力，再加上没有摔到脆弱的部位，尽管摔得眼冒金星，但刘文仕没有受重伤。

在雪地里趴了好久，刘文仕的脑袋才渐渐地清楚过来，胳膊和腿也慢慢地恢复了知觉。

刘文仕站起来后，看了看周边，除了梯子、刚摔出来的雪坑以及自己来时的脚印，雪地里，不知何时多了两行脚印。刹那间，刘文仕的心比塞罕坝的寒冬还要寒冷……

不仅如此，刘文仕的家人也因他而饱受“株连”之苦，这让刘文仕对家人怀有深深的歉意。刘文仕年近七旬的老母亲，是一位在“土改”时就入了党的老党员，但因为刘文仕被“打倒”，“造反派”硬是逼着她“吐古”。刘文仕的几个孩子，尽管个个品学兼优，但也因为“老子反动儿混蛋”，而失去了考学、当兵的机会。

建场初期，从承德农业专科学校分配而来的六十多名毕业生，在定“身份”时被定为了工人，而其他学校来的大学生和大专生，以及承德农专前后几届去其他单位工作的学生，都被定为干部。很多承德农专的学生因此感到不满，便联名上书要求改为干部待遇。

“身份”概念在当今的劳动市场上已被极大地弱化，但在当时计划经济体制下，干部、工人、农民身份差别却是大相径庭的。拥有干部身份，意味着有提干的资格、更好的福利待遇、更高的养老标准，等等。

按照国家规定，大专毕业生一般都被定为干部，承德农专的学生提出这项要求也无可厚非。

但在当时紧张的政治环境下，这一举动被一些人定义为“阶级斗争新动向”，把他们打成了“反革命小集团”。

丁克仁是这个“反革命小集团”的主要成员之一，因为上书是他起草的。

有一天，丁克仁赶着毛驴前往当地公安局去送柴火，刚卸了车准备算账，就被人带进了审讯室。短短一夜之后，富农家庭出身、长期担任学生干部的丁克仁，就被定性为“敌人”，过上了用汗水洗心革面的“赎罪”生活。

一开始，丁克仁被安排到四十号苗圃劳动改造，一声不吭地闷头干活。修引水渠，他探索把水渠修成瀑布式的加快流速；水车坏了，他就利用午休时间把它修好。无论是安排给他什么活儿，丁克仁都毫不抱怨地主动做好。

丁克仁无怨无悔的态度，反而让那些存心整治他的人恼羞成怒。丁克仁随后又被调去更为辛苦的铁匠炉负责打铁。

丁克仁是一个农学院的学生，以前从没干过铁匠活，打铁的第二天，就打飞了一块铁。飞铁崩掉了他两颗门牙，血流不止。

丁克仁的爱人听说后心疼他，就为他熬了些小米粥送去，结果还被人训斥了一顿。

丁克仁并没有被缺少了两颗门牙打倒，回到铁匠炉后，更加认真地观摩、学习老铁匠的技术，很快就掌握了打铁的要领。

带着丁克仁打铁的师傅是个临时工，也欺负他，让他用公家的材料给自己打火枪。丁克仁一时气不过，就趁着这个师傅抽烟的工夫，把他的枪给烧化了。俩人大吵一架后，反而是那个师傅自知理亏撂挑子走了。

没了师傅，丁克仁更加用心地摸索打铁技术，慢慢就在附近有了名气，周围农民纷纷找他来加工铁器。那时候，分场各单位都报亏，而丁克仁的铁匠炉却每年都向林场缴利润。

1976年，“文化大革命”尚未结束，作为“反革命小集团”的主要成员，丁克仁被任命为五十三号营林区主任，引起林场上下一片哗然，一时间议论纷纷。

然而，丁克仁却得到了刘文仕等场领导的坚定支持，刘文仕相信，自己在牛棚里认识的这个年轻人，有着忠诚坚毅的性格，以及超额完成任务的能力。

当时，五十三号营林区的盗伐现象成风。有的职工抽了人家一口烟、喝了人家一口酒，就敢睁一只眼闭一只眼，让附近的村民上山把国家的树拉走。

丁克仁上任后，首先组织职工没收修砍的树木，一车一车地拉回驻地，不让职工有打木材主意的心思。有时他夜间守沟口，白天去巡山，发现一个被盗的伐根，就用白纸拓印下来，就是伐根埋到沙地里，丁克仁也能找出来。

一天晚上，一个远亲通过丁克仁的弟弟找到了丁克仁，非要请他“过去坐坐”“认认亲”。顶不住对方三番四次邀请，丁克仁就被人架了过去。

一进门，酒菜就已经摆好，这个亲戚也一再表明无事相求，碍于面子，丁克仁就同他吃了一顿饭。饭桌上亲戚果然没有让他“办事”，丁克仁也就放下心来。

过了十几天，丁克仁一个人去巡山，走到很远的小西沟，忽然听到咔嚓一声，有树被放倒了。丁克仁赶紧冲了过去，发现正有人在盗伐，而这个人，正是前些天请他吃饭的亲戚。

丁克仁怒发冲冠，冲过去夺下了他的锯，命令他扛着赃物回村交代，任凭他怎么攀亲戚、谈“好处”，丁克仁就是没松口。从此，丁克仁六亲不认的形象就传开了，甚至有人在背地里叫他“丁克人”。

正是凭着这股正气，在那段难熬的岁月里，无论是被人冤枉还是被人欺负，他的心中时刻牢记的是党和国家的使命，而非私人间的恩恩怨怨。

“文化大革命”结束后，丁克仁很快得到了平反，并靠着自己的才能一步步走上领导岗位，并在1983年调任总场副场长。

“文化大革命”的十年，是国家生产生活秩序都处于十分混乱状态的十年，塞罕坝也未能置身事外，许多正直、善良的职工被“整治”，对造林工程造成了很大的损失。

但另一方面，“文化大革命”时期的“革命激情”，也有很多转化成了拓荒造林的激情——在这样一个天寒地冻的地方，若想表现自己对“革命”的忠诚和进步的决心，只有更加努力地把林子种好。

1982年，有高层领导到塞罕坝林场检查工作，张硕印负责汇报林场情况。张硕印当场就向领导表示，林场当时100万亩的人工林都是从建场初期一直到70年代末这些年造起来的，大家并没有因为抓阶级斗争而放弃林业生产，事实上，很多人为了表明自己在政治上是正确、清白的，便全心全意扑在了种树上。1966年、1967年那会儿，林场一年就造了8万多亩林子，而且因为机械缺乏，大部分是靠人工造起来的。如今看来，这样的造林方法和速度着实令人吃惊，但在那个特殊的年代里，在一步步高涨的革命热情的鼓舞下，塞罕坝人也克服了无数寻常人难以克服的艰难困苦。

第十章

守业更比创业难

第十章　守业更比创业难

“四人帮”粉碎了。

“文化大革命”结束了。

塞罕坝机械林场的生产秩序得以恢复。他们准备以更加饱满的精神面貌，更加昂扬的斗志，收拾旧山河，再创新辉煌。

但成就事业的道路并非一帆风顺。

1977年10月28日，《河北日报》门振成等几名记者到塞罕坝采访。白天下了一天的雨，天气越来越冷。

结束了一天的采访，同行者纷纷返程，门振成却决定留下。他想多住几天，让采访更深入一些。他是一个认真的人，做任何采访都不想“蜻蜓点水”，只看个浮光掠影。

而且，更重要的是，他想弄明白，是什么力量支撑塞罕坝的林场人在极端艰苦的环境中造出了这一片林子。

门振成和工人们一起睡在营林区职工宿舍的大通铺上。

天已经很冷了。工人们鼓动门振成喝了几口酒，暖暖身子。借着那一点点酒劲，大家天南海北地聊了一会儿。

其实，主要是门振成在介绍到河北各地采访的所见所闻，这是记者的天然优势。工人们没那么广的见识，顶多在门振成讲到自己老家时突然打开话匣子。

但工人们也有门振成闻所未闻的故事，大多是关于塞罕坝上这片大林子的。

就这样讲了半天闲话，困意慢慢袭来。门振成和工人们在大通铺上和衣躺下，睡成一排。一会儿，就只听见鼾声此起彼伏。

这鼾声是体力劳动者的一大特点。往往筋疲力尽之时，鼾声最响。门振成采访走了一天的路，很是疲倦了，所以刚躺下一会儿，这个文质彬彬的“秀才”也打起了沉闷的鼾。

砰——砰——砰——

半夜时分，大家突然被外面爆竹般的响声惊醒。

“不好！这声音像是从树林子里传来的！”大家抖抖索索地穿上毛毡等御寒衣物，就向林子里跑去。

门振成慌忙跟在后面。

到山上一看，果然，出事了！折断的树枝落了一地！

原来，雨落在树上，冻成了厚厚的冰溜子，越压越重，到了晚上，刚刚长成的小树再也不堪重负，纷纷折断。

雨凇！那场景就如同地震一般，地动山摇。

“快救救咱们的树！”人们呼喊着回营林区拿工具，他们用双手托起被压弯的树枝，用木棍敲打树枝上的冰凌。

可是，一切都无济于事……

树木承受不了上百公斤甚至上千公斤重的冰层，凡是椽材以下的幼树，全部被压断或压倒在地。椽材以上的树木，甚至胸径几十厘米的大树，几乎全部压弯，有的拦腰折断，有的树冠全部劈落。

树木断裂的响声传出几十里，那声响好像激烈战场的隆隆枪炮声。

塞罕坝机械林场的几名主要领导，带领一些技术人员分乘几辆吉普车，到各个分场察看灾情。刚离开总场十多里，几十里外树木的断裂声就盖过了汽车的马达声。

一进入灾区，那奇特的景象把人们惊呆了。

天地间简直变成了冰的世界，人们好像置身于水晶宫中。地上所有没有体温的物体，全部挂上了一层厚厚的冰凌。

不仅树木被压弯压折，就连地上的杂草，哪怕只有钢针粗细的枝叶，也全部变成了三四厘米粗的冰柱。

电话线变成了条条冰线，最粗的地方直径达到八厘米，七八米高的水泥电柱承受不了这样的重量，一排排地被压断。

调查灾情的人们连夜返回总场。情况糟透了，比预想的严重得多！

雨凇

挂冰 1 公斤

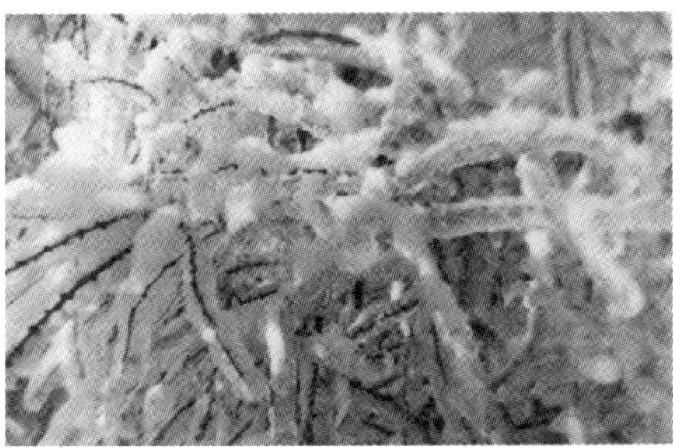

树木挂冰重达 250 公斤

57 万亩树木被厚厚的冰凌包裹，20 万亩树木被毁，辛辛苦苦种了 15 年的林子，一夜之间，损失过半。

面对着一片狼藉的松林，不少人失声痛哭，就像是自己的胳膊折断了一样。

场长刘文仕是有名的硬汉子，“文化大革命”期间挨批斗、遭毒打都没掉过一滴泪，这时也是满脸泪。

这一场景让门振成感到震惊：他们是真的爱这片林子啊！

事后得知，这场雨凇灾害，北起塞罕坝，一直向东南方延伸，经围场、隆化两县，到承德、平泉两县止，南北长 200 多公里，东西宽数十公里。四县森林受灾面积近百万亩。只是由于塞罕坝地势高，森林面积集中，因而受灾最严重。

1978 年春天，林场开始了大规模补种。

灾难面前，门振成亲眼见证了塞罕坝人不屈的性格和压不垮的精神脊梁。在当年的采访手记中，他这样写道：林子毁了，还能造出来！只要人不倒，塞罕坝就不会倒！

1980 年，塞罕坝机械林场又遭遇了百年不遇的大旱，又有 12 万多亩树木被旱死。

连遭打击，门振成担心，塞罕坝这次恐怕要一蹶不振了。

然而，门振成猜错了。

使命在肩，百折不挠！面对一次次灾难，塞罕坝人没有灰心，他们含着眼泪清理了死树枯枝，栽上新的树苗，从头再来！

到 1982 年，林场超额完成任务，在沙地荒原上造林 96 万亩，保存率 70.7%，创下当时全国同类地区保存率之最。

20世纪80年代中期，塞罕坝人把损失的树木全部补种完毕。

在整个 20 世纪八九十年代，塞罕坝上一批又一批的年轻人走上工作岗位。

他们有些是“林二代”，生于塞罕坝，长于塞罕坝，是他们的父辈“献完青春”又献出的“子孙”。还有些是从其他地方来的“新鲜血液”，他们志在林业，学有所成，在塞罕坝造林绿化事业攻坚克难的过程中发挥了重要作用。

到了坝上，他们无一例外地从基层干起。

1984 年，河北林业专科学校毕业生刘海莹舍弃了老家秦皇岛优越的工作条件，来到塞罕坝，成为基层林场的第二代技术员。当时的塞罕坝，正在掀开历史新的一页。

塞罕坝变了，不再“风沙弥漫，草木稀疏”，但生产生活条件仍很艰苦。到基层林场去，大多数时候仍然要靠步行，能坐上马车牛车算是幸福的。填饱肚子不成问题，可蔬菜仍是稀罕物，一年到头难得吃上几顿像样的饭。

有一次，刘海莹和技术人员一起背着仪器上山进行森林抚育作业设计，随身带的烧饼滚下了山，由于交通不便，他们只好空着肚子完成了全天工作。

“这些真算不了什么，比起第一代塞罕坝人，我们的条件已经好多了。”刘海莹说。

20 世纪 90 年代，塞罕坝集中全场力量启动三道河口林场攻坚造林行动。

三道河口林场，是塞罕坝所有林场中最干旱的，年降雨量不足 400 毫米。这里的土壤是沙质土，没有肥力，不持水，造林很难成功。这也是为什么塞罕坝其他地方已连成一片绿海时，三道河口仍像海洋中的孤岛，举目望去，沙丘连片。

“一年青，二年黄，三年见阎王。”在这块塞罕坝沙化最严重的区域，从落叶松到沙棘，再到柠条、黄柳，能种的都试了一遍，但种什么死什么。

塞罕坝通常采用裸根苗造林，但到了这里的沙地，裸根苗吸收不到水分。

有人提议用盐水浸根。人渴了要喝水，树渴了也要吸水。这一大胆的设想依然以失败告终。

反复试验，他们终于找到办法：把在陆地上培育两年的幼苗移植到容器桶内，再培育两年加大容器体积，增强了苗木抗旱能力。之后再取掉容器桶进行栽植，既能保水，也能吸水。

三道河口终于开始由黄变绿。

遭遇旱灾的林子

在攻坚造林行动中，人们遇到这样一个难题：樟子松造林，第一年苗木都放叶成活了，可挺过严冬后，第二年就会有许多苗木死亡。

“这些树苗不是冻死的，而是旱死的。”

通过细致观察，刘海莹发现，干旱其实分为两种。第一种情况是沙质土壤里水分太少；另一种情况是，春天的时候，地还冻着，但苗木的上半部分已经返绿，风一吹，水分蒸发，根部又不能及时输送水分，于是树苗就被旱死了。

“就像孩子一样，小树苗抵抗能力很弱。”刘海莹说，“苗圃的生存环境和山上是不一样的，如果把苗圃比作城市，那山上就相当于农村。塞罕坝春天的风很大，骤然从‘城市’到‘农村’，许多树苗就这样因风失水而死亡。”

“就差那么几天，如果根部水分能够及时输送，树苗就能成活。”

针对难题，刘海莹与总场林业科人员组织实施了在秋季给小树苗加盖防风土的试验。“在小树苗的下半部垫一锨土，然后再把树苗埋起来。躲过来年 4 月底的几场大风后，5 月初将防风土撤掉。”

就这样，有了防风土的保护，一棵棵小树苗挺过了生理干旱这一最大生存难关，试验取得成功并在全场推广，塞罕坝樟子松造林成活率大大提高。

在此期间，凭着突出的工作实绩，刘海莹被任命为三道河口林场副场长，主管造林工作。后来，他又成为塞罕坝机械林场党委书记、场长。

我们第一次到塞罕坝机械林场采访时，接待我们的正是这位一脸云淡风轻、经常躲着不见记者、说不出豪言壮语的坝上汉子。

采访他可真“难”啊！

说起林场的老一辈，他如数家珍，可让他讲讲自己的故事，他就只憨厚地笑着说：“我们年轻一辈没啥值得说道的。”

说起造林技术，他头头是道，可让他讲讲自己的感受，他又开始变得“不可道也”。

不过，就算是他这样的汉子，在得知塞罕坝林场建设者获得联合国 2017“地球卫士奖”的时候，也难抑激动的泪水，任由它从黝黑的脸庞上滚落。

联合国环境规划署认为，塞罕坝林场的建设者们，用 55 年的不懈努力，将广袤荒芜的沙漠改造成为植被丛生的森林和草原，为人们提供生存所需的淡水和氧气，同时还缓解了当地所面临的严重风沙危害。塞罕坝还通过发展生态旅游和风力发电技术推动了绿色经济增长，并逐渐成为中国可持续发展的典范，对整个世界生态环境保护产生了积极且重要的影响。

经过几代人的艰辛劳作，塞罕坝上能种树的地方基本上都有了树木安家。“肉”都吃光了，好一点的“骨头”也啃完了。哪里还有空间？塞罕坝人说：“那就啃硬骨头！”

石头之间也可以种树！一身农民装束的技术员邓宝珠一手拿铁锹，一手拿树苗，“见缝插针”，逮着机会就上。他“有勇有谋”，拉起一根线，在一条直线上找空隙，“便于后期的管护”。这就是“干插缝造林法”，石质山地从此也开始披上绿衣。

1973 年，17 岁的邓宝珠来到林场苗圃，成为林场的第二代职工。他说自己从老职工那里学来的并不仅仅是育苗技术，“苗就像孩子一样，得好好带着，不带着就完了。”

他带自己的孩子却没有这么精心。当年离家虽然只有几十公里，却由于交通不便，一年只能见一两回面。

1980 年，邓宝珠就参与了塞罕坝第一批森林的间伐。

2017 年冬天我们在邓宝珠家中向他请教了“像管孩子一样”养护森林的方法。他说：“选优，留优质树，咱们是下层树伐，把破的都砍掉，好的都留下。”

据他介绍，从 1968 年造林，每亩 333 棵落叶松，49 年时间内经过 5 次间伐之后，每亩保留树木 20 棵左右。在林业圈，间伐等森林养护管理的办法被统称为“抚育”。通过抚育，树木每年的直径生长，达到了之前的两三倍以上，通过科学合理的经营措施，不但能保证落叶松延长它的速生期，还能在林冠下培育其他的林木资源。

一个中年女人趁采访的间隙给我们添茶倒水，我们猜想，那大概是邓宝珠的妻子。一问，果然是！为我们引路的林场工作人员告诉我们，作为林场职工的家属，邓宝珠的妻子做出的牺牲可大着呢。

邓宝珠的妻子马贵兰，是一个善良纯朴的女人。1980 年，邓宝珠调任坝梁营林区主任，为了支持丈夫的工作，马贵兰带着 4 岁的孩子从老家来到塞罕坝，住进了营林区。

11 年间，住土坯房，点煤油灯，到一里外的山下挑水为职工做饭，从没有半句怨言。1994 年，马贵兰又随邓宝珠到了莫里莫营林区。为保证造林成活率，邓宝珠利用营林区的空闲地开设了小型苗圃，为了省钱，马贵兰主动承担起了苗圃浇水拔草等日常培育养护工作。

如今，老邓退了休，老两口儿在家含饴弄孙，大儿子邓云峰在林场做护林员。

光阴荏苒，倏忽之间，技术员“小邓”已经成了赫赫有名的“邓爷”。邓宝珠说，把青春洒在塞罕坝，值！

邓宝珠在塞罕坝林场已经奉献了 40 多年，担任营林区主任也有将近 30 年。在这 30 年间，邓宝珠摸索出一套造林方法，就是每隔十行造一行、每穴双株以备雨季补植。“我 16 岁就来了，42 年忠于职守，干得还不够好，就怕对不住子孙后代。”邓宝珠笑容朴实。

五一小长假临近，在塞罕坝森林旅游开发公司，闫晓娟和同事们正为即将到来的旅游高峰做着准备。

这个出生在塞罕坝林场的“林二代”对林场有着浓厚的感情。“我爸爸 1962 年承德农校毕业后，被分配到塞罕坝工作，是林场 369 名创业者之一。1967 年妈妈与爸爸结了婚，也来到了塞罕坝。我和哥哥们都是在这里出生的。”

塞罕坝人创业难，作为塞罕坝的女人更是不易。说到母亲，闫晓娟总是眼含泪水，“那时候爸爸整天忙于造林，经常早出晚归，甚至一连数天不能回家，照顾孩子、料理家务等家庭的重担全落在妈妈一个人身上。”

1977 年 10 月的那场雨凇灾害，闫晓娟的母亲参加了生产自救活动，在往山下拖伐木时左腿被砸断了。

“那年我才四岁，妈妈养病期间，我就每天跟着上山造林的爸爸，爸爸工作时就把我独自放在造林地的窝棚里，我饿了就吃玉米面饼子，渴了就喝搪瓷缸子里化的雪水。最终妈妈的腿落下了残疾，左腿上留下了两条近一尺长的手术疤痕，走起路来有点跛，但妈妈依然乐观地为家里、为工作忙碌着。”

作为务林人的后代，对塞罕坝总有一种割舍不断的血脉情愫，中专毕业后，闫晓娟也满怀激情地成了一名林业工作者。

18 年来，她先后从事过装卸工、清洁工、核算和会计等工作，还自学考取了高级统计师、会计师资格，荣立三等功一次。

她在工作中认识了丈夫：“他也是一名基层林场干部，分管着苗木销售工作，一两个月不回家是常有的事。”

“嫁给了塞罕坝职工就是嫁给了塞罕坝。”闫晓娟话里话外，都是作为塞罕坝人的自豪，“我也会像妈妈一样当一名好妻子、好母亲、好儿媳，用全部的爱去为塞罕坝的明天增添一份更加美丽的色彩！”

创业难，守业更难。近些年，塞罕坝开始在砾石阳坡、沙化地块等作业难度大的地块上开展攻坚造林项目，每亩地造林投资要上千元，而国家项目投入只有 300 元，资金缺口巨大。塞罕坝人没有等、靠、要，没有消极应付，而是选择二次创业，继续发扬艰苦奋斗、甘于奉献的精神品格，靠自我发展解决资金难题，不给国家添一分困难。“党中央明确提出，生态文明建设功在当代，利在千秋。”

林场场长刘海莹说：“哪能只想着眼前值不值呢？”

认识坚定了，但行动起来却千难万难。

第一次上石质荒山，林场职工看着寸草不生的山坡，心里直发怵：“怎么上得去啊？”

他们手脚并用爬了上去，第一项工作就是挖坑。按照整地技术规范，需要在山上挖出长和宽各 70 厘米、深 40 厘米的坑，一亩地要挖 55 个。

坑虽不大，可薄薄的土层下全是石头，挖变成了凿。拿起钢钎、尖镐，叮叮当当凿了没多大一会儿，双手就起了血泡。“当时北京市一所高中的学生来体验生活，几十名学生半天也没凿出一个坑来。”

但最难的还不是凿坑，而是搬运苗木上山。坡度陡，机械无法作业，只能靠骡子驮或人背。一株容器苗樟子松浇足水后足有十八斤重，坡陡地滑，骡子扑扑腾腾爬两步，就累得呼哧带喘，“它们有时也给你甩脸色，闹不好就罢工。”

骡子上不去的地方，就只能靠人背着树苗往上爬。常年背苗子的人，后背往往都有麻袋和绳子深深勒过留下的疤痕。

苦心人，天不负！塞罕坝人硬是啃下 7.5 万亩硬骨头，全部实现一次造林一次成活一次成林。

“剩下的 1.4 万亩，2018 年将全面完成。”接受我们采访时，林场副场长张向忠说，那时，塞罕坝将完成全部荒山造林，实现森林覆盖率 86% 的饱和值，让绿色遍布塞罕坝的每一个角落。

林场依托塞外风力资源优势，利用石质荒山、防火阻隔为风电企业提供场地；以建设绿化苗木基地为重点，培育多品种、多梯度的绿化苗木；利用林下土地资源和林荫优势，发展林下种植、养殖等立体复合生产经营模式；通过职工出资、林场出让森林景观经营权，成立生态旅游股份制公司，把森林旅游产业做精、做强。这几项的收入如今已突破亿元大关，占林场营林总收入的 60%。

成立旅游公司时，不少人担心公司发展不起来，自己攒的钱打水漂，但随着宣讲工作的开展，职工们都愿意把钱拿出来支持公司。旅游开发处工作人员温雅楠说:“团结、奉献是林场每个人的共同点，只要能把林场经营好，完成林场的任务，我们没有怨言。”

如今，塞罕坝一年的门票收入就有 4000 多万元，正在争取早日变成 5A 级景区。

不仅如此，从 2012 年开始，塞罕坝林场“自断一臂”，大幅压缩木材砍伐量，将以往每年的正常木材砍伐量从 15 万立方米调减至 9.4 万立方米。木材产业收入占营林收入的比重从 66.3% 骤降到 40%。而正是这一串“加减法”，让塞罕坝迅速完成产业上的转型升级，守着绿水青山，开垦出了金山银山。

如今，在北京环境交易所，塞罕坝林场 18.3 万吨造林碳汇正在挂牌出售。475 吨碳汇全部实现交易，可获益 1 亿元以上。

森林每生长出 1 立方米的林木蓄积量，平均可吸收 1.83 吨二氧化碳，释放1.62吨氧气，这是大自然回馈给塞罕坝的巨大财富。

种好树，塞罕坝人有一种朴素的生态意识；用好树，塞罕坝人有一种自觉的生态意识。

现如今，塞罕坝已经发展成为京津地区重要的生态屏障，机械林场副场长张向忠在电脑里储存了十几 GB 的塞罕坝图片，包含塞罕坝四季的美丽景色，这些都是张向忠骄傲的资本。

张向忠介绍，塞罕坝生态旅游事业开始于 20 世纪 80 年代，塞罕坝的造林工作也在 20 世纪 80 年代开始转入营林为主、造林为辅的新阶段。塞罕坝新一代的建设者们开始寻找多种经营路线，将发展森林旅游作为二次创业的支柱产业。

1993 年，塞罕坝国家森林公园获批组建，而到了 1999 年，塞罕坝森林旅游开发公司也开始正式运营。

2001 年塞罕坝国家森林公园的入园人数只有 9 万人次，而到 2017 年，这一数据已经达到了 60 万人次。依靠旅游业获得的直接收入也从当时的 104 万元，增长到 2017 年的 6200 多万元。截至 2018 年，塞罕坝国家森林公园累计接待中外游客 520 万人次，直接经济效益接近 4 亿元，每年能够为社会提供超过 2.5 万个就业岗位，累计创造社会综合效益更达到了 30 亿元。

塞罕坝国家森林公园有力带动了其周边的乡村旅游以及区县

经济的发展，起到了旅游扶贫、旅游富民的重要作用。从当前趋势来看，塞罕坝国家森林公园的游客人数还在不断攀升，与此同时，获得的经济效益也越来越高。

附：

在去塞罕坝采访之初，我们对“造林”佩服得五体投地，而对“护林”“营林”概念模糊，甚至产生了“现在的塞罕坝人是躺在前人的功劳簿上享福”的质疑。

随着采访的深入，我们深感：守业更比创业难。

每亩地造林投资需上千元，而国家项目投入只有300元，这么大的资金缺口怎么办？采伐限额后，告别了“伐木号子”，林场靠什么吃饭？这一系列的问题，都等着守业者们以智慧来回答。

从记者黄彩忠的一篇报道中，我们得以管窥当年坝上的“思想解放”运动。

走出森林

黄彩忠

盛夏季节，离京时穿短袖衬衫还嫌热。乘汽车跑了一天，来到河北省最北部围场县的塞罕坝林场，我马上改穿长袖衬衫、夹克衫，想不到这里比北戴河还凉快。

在望不到边际的绿色海洋里，皇家猎苑宾馆、木兰围场度假村、蒙古包招待所……有如红花般点缀其间，吸引着专来度夏乘凉的游人。和过去采访林区大不相同，这次来到塞罕坝，我对森林旅游发生了很大的兴趣。

塞罕坝，蒙古语的意思是“美丽的高原”。1962年，国家派干部、工人、大专学生300多人到这里营造百万亩人工林，就规模而言，在华北地区仅此一处，全国也不过几家。昔日风沙漫天的荒原，经过30年的辛勤耕耘，变成了一道硕大无朋的绿色屏障，顽强地阻挡着南侵京津的风沙，滋润着流向京津的河水，人们又称它是一块“绿宝石”。林区是清代皇家猎苑“木兰围场”的一部分，有当年帝王将相在此行围狩猎、征战杀伐的大量遗迹，加上独特的森林、草原景观，现已被列为国家一级旅游资源景点。其实，这里诱人的不仅是凉爽宜人的夏季，还有积雪五六个月的冬季，大雪没膝，一派林海雪原的北国风光，是狩猎、滑雪、滑冰的理想去处，何愁没有人来？眼下的状况是，你床位不够，他当天开车回去；你没吃的喝的，他自备面包、饮料；更有意思的是，你迟迟不动手，他却主动来摆摊设点，悄悄地把钱赚走了……这不是“眼看着银子变水”吗？——现实又一次逼着那些长期靠砍木头、卖木头过活的人考虑走出森林的问题。

这当然是一次战略性转移。森林的生态效益、社会效益无法用金钱来计算，可它终归不是现实的金钱。塞罕坝进入主伐期后每年可砍2万亩林子，实现利税4000万元，2～3年即可偿还国家40年的全部投资，但那是10年后的事。眼下还是经营期，像塞罕坝这样的国营林场，在给国家做出巨大贡献的同时，自身也背着沉重的包袱。靠间伐一点小径木杆过日子，入不敷出，1500多人的林场每年亏空150多万元。是继续守着林子卖木头，还是走出森林发展多种经营？他们坚定地选择了后者。

目前，在塞罕坝的林子里，1/3的人在干着，1/3的人在看着，1/3的人已经出走，看来走出森林是大势所趋。他们以废木综合利用为中心，办这个厂、那个场，90多个摊子，一年下来也有90多万元收入。要说差距，一是规模不够，没有形成完整的产业体系和格局，特别是缺少大型的能够带动全局的龙头企业。二是效益不高，几乎是干什么，亏什么，人们都亏怕了。如今又提出“干”旅游，相比之下虽然投资少，来钱快，但也有人担心：“那么多人往林子里钻，万一哪里冒点火星，后果谁担当得起？”“自费旅游者只是少数，绝大多数人来了就得招待，谁来掏这个钱？”……

森林旅游、第三产业能不能成为林区多种经营的“龙头”？人们正在争论。思想上有顾虑，行动起来更是困难重重，关键是缺少钱。至今进入林区还有60多公里森林公路等待铺柏油，计划投资2800万元，3年过去了也只落实800万元，连这样起码的“硬件”都很难解决，林区怎样发展森林旅游？所以，人们盼望着上级给点“松绑”的政策，给点启动的费用。我们带着问题和大家座谈，第一任场长、如今是“三北”防护林总指挥部顾问的刘文仕同志认为，事在人为，资金不够，能不能想法子吸引外地人、外国人，和人家联合经营，先把事业干起来。他的观点是：长期闭塞的林区，特别需要思想的解放。

（原载《人民日报》1992.08.27 第 2 版）

第十一章

望海楼上的守望

如今的职场上，有一种常见的“潜规则”：一对夫妻若是在同一个单位工作，最好是把两人放在不同的部门、不同的办公室。

若同一办公室的一对男女发生了感情，俩人往往也是极力掩饰，不让他人知晓。等到二人最终修成正果，扯了结婚证，俩人不是选择“隐婚”，便是有一人调往其他部门或单位。

因为总的来说，办公室是一个工作的地方，主要讲的是规章和制度，若是过多地掺杂进了感情，尤其是家人之间这种牢不可破的感情，很多规章制度难免会走了样。为了保险起见，单位领导往往会将夫妻安置在不同的部门。

而且，对于很多夫妻而言，在家就是天天见面，在办公室还是天天见面，一天24小时在一起，实在有些腻得慌。反倒不如白天各上各的班，晚上下了班再好好过家庭生活，让“距离产生美”。

然而，在塞罕坝上，却有一项特殊的工作，一间办公室里一般只有两名职工，而搭档的这两名职工往往是夫妻，俩人若不是夫妻，林场一般还不会批准。九座望火楼中，有八座都是由夫妻共同坚守的。因此，这些望火楼在当地又被称作“夫妻望火楼”。

这份工作，叫作“望火员”。

2006 年 9 月 15 日，时年 35 岁的刘军和他的妻子齐淑艳接到林场调令，一起来到了阴河林场亮兵台望火楼。

刘军和齐淑艳都是“林二代”，在塞罕坝上长大，工作之后，也顺理成章地留在了塞罕坝林场。在来亮兵台望火楼之前，俩人都在阴河林场的营林区工作，刘军是护林员，齐淑艳则在营林区食堂做饭。

亮兵台望火楼海拔 1940 米，常年阴冷潮湿，夏季最高气温 25℃，冬季最低气温则能到零下 40℃。这座望火楼是塞罕坝的制高点。树木最怕火，塞罕坝人最忌讳提到“火”字，望火楼因此取名“望海楼”，取“瞭望林海”之意。

望海楼是一座四层的“L”型建筑，望海楼的四层上都是瞭望台。在楼体上，“望海楼”三个字有力地竖立着，旁边还有两行横着的字——“绿水青山就是金山银山”。

在望海楼前面，樟子松林像绿色云海般壮观，近处则是烂漫的野花。就在花丛边，刘军、齐淑艳夫妻俩聊开了。

“这已经是第四代望火楼了。我的父亲叫刘海云，是 20 世纪 60 年代末的瞭望员，当时他们住的是马架子，木杆拍上土，草苫子盖在上面，再用铁丝固定好，就成了瞭望房舍，那是第一代望海楼。后来，第二代望火楼垒成了砖房。2006 年我们上来做瞭望员时，住的已经是第三代望火楼了，三层小楼房，条件还是很艰苦。现在的条件好多了，生活工作设施很完善。”回忆起往事，刘军侃侃而谈。

说起自己和妻子初到望火楼的情景，刘军至今还记忆犹新。2006 年 9 月 13 日，林场通知他们到望火楼工作，于是，刘军、齐淑艳夫妻俩在 9 月 14 日买了些油盐酱醋、蔬菜和粮食，第二日便搭乘一辆作业车上了坝。当时还没有像样的路，这辆皮卡一路颠簸了 2 个多小时才到望火楼。

皮卡将刘军、齐淑艳夫妻俩放在山顶，就开走去做其他工作了。夫妻俩一开门，一股霉味和潮味迎面扑来。整间屋子除一个小土炕外，就再没有其他空间了。刘军、齐淑艳夫妻俩看到这样的情景，一下子蒙在了那里好半天没回过神来。等反应过来后，夫妻俩赶紧将炉子点着，想熏烤一下，去去屋子里的潮气。从上午一直烤到了晚上，房间里烤出了很多水珠，但还是潮得不行。刘军、齐淑艳夫妻俩实在困倦，就在潮气中凑合睡下，度过了在望火楼的第一个夜晚。

刘军夫妇的工作说起来十分简单。冬季和晚秋、初春是林场的防火期，一共约 6 个月。在这期间，他们只需待在望火楼上，白天每隔 15 分钟、晚上每隔 1 小时，登上楼顶，用一个老旧的奥林巴斯望远镜眺望方圆 20 公里的火情，加以记录并汇报给林场。

但就是这样一个小孩子都会做的工作，却成为塞罕坝上最为艰苦、最让人尊敬的工作之一。

瞭望、记录、报告，再瞭望、再记录、再报告，这套流程已经成为一段嵌入到望火员脑中的代码程序，日复一日、月复一月、年复一年，近乎无限地重复，让最简单的事情也变成了最困难的事情。

而更让人难以忍受的，则是无休无止的寂寞。在看守的 6 个月里，望火员几乎见不到外界的人，与他们做伴的，只有永远在吟啸的风和望不到边的林。自从十几年前上山之后，刘军夫妇就很少下山了，也正因为这样，他们与几乎所有的亲戚朋友都断了来往。

刘军夫妇第一次登上望火楼时，望火楼还不是像现在这样有着几间窗明几净的房间，装备着水、电、暖、网等现代设施，更别说有五层高的瞭望塔了。

在当时，望火楼只是一个由红砖砌成的三层小楼，里面的设施简陋，只有一个土炕、一个灶台。用铁皮焊成的楼顶就成了他们的办公室，那里阴暗潮湿，为了防止冬季铁皮被大风掀翻，除一扇能够活动的窗户之外全部要封死。

“当年来的时候，这里不通水、不通电，取暖完全靠自己烧火。天一冷那个房子就上下透风，夜里的时候裹着棉被还冻得难受。早上起来的时候，厨房的馒头都冻得跟石头一样硬，豆腐也冻酥了。”齐淑艳回忆。人们常说，塞罕坝上两场风，一场从春刮到夏，一场从秋刮到冬，而望火楼作为塞罕坝的最高处，更是饱受烈风的摧残。

作为“林二代”，他们知道，最早的望火楼往往是一人多高的马架子，三角形的房顶上盖满茅草，其寒冷、艰苦难以想象。所以，就物质条件来说，刘军夫妇心里倒也感到十分知足。

真正让刘军夫妇感到难熬的，是寂寞，是万里林海一望无垠的寂寞，是面对面无话可说的寂寞，是无处发泄让人难以适从的寂寞。

最开始，刘军夫妇两人说说话、做点活儿、看看书，日子倒也比较充实。但时间越来越长，由于长期见不到人，每天工作的内容也基本相同，几乎毫无新鲜事，俩人的话就开始越来越少了，甚至俩人有时都无法因为琐事拌嘴，拌不起来。

冬天的山上，除了风声，就是偶尔传来的野兽叫声，静谧得如同世界边缘。有时，齐淑艳憋得难受了，就出去喊两声，但回应她的，也只有自己的回音。

刘军夫妇

寻常夫妻吵架“冷战”，一般几个小时就能结束，最多也不过几天时间，俩人出去走走看看，自己在家读书想想，心结也便能解开了。但在望火楼上，由于工作生活极其单调，两个人拌了嘴后，有时想找些话头都找不到，说是“冷战”，其实很大一部分原因是周遭环境所逼。

齐淑艳记得，有次吵架后，她和刘军开始“冷战”。两个人工作照常做，饭照常吃，生活照常过，但谁都不肯主动搭理对方一句。而刘军每天做完饭吃一口就去上边瞭望，也不怎么跟她打照面，竟半个月没跟她说一句话，憋得她跑到外边的林子里大喊发泄。最后，还是齐淑艳服了软，齐淑艳笑着说，“要是再不说话，怕是喉咙都要退化了。”

望火楼上的生活单调无趣，若能有一两个能全身心投入其中的爱好，能够大大降低这份工作的寂寞感。

2009 年，场领导到亮兵台望火楼来视察工作，看到刘军每天的观察记录，开玩笑地说了一句：“字怎么写得这么差，在上边没事儿练练字。”

这句话给了刘军启发。从那时开始，刘军便开始学习书法。一开始，刘军想找字帖，结果不凑巧，下山几次都没买到，于是他索性就自己练。

望火楼上最不缺的就是时间，只要没事可做时，刘军便把桌子上的杂物都拿开，用抹布擦拭得干干净净，整齐地摆放好文房四宝，便开始潜心书写。虽然没有名师指导，工作环境也不算舒适，但刘军并不觉得这是一种负担，并且在其中找到了心境平和的乐趣。

日积月累之下，刘军的功力渐长。如今，在刘军的办公室里，挂着一幅他手写的《沁园春·雪》，字体朴茂工稳、结体严整，俨然一副已经浸淫其中数十年的架势。更重要的是，书法让他在望火楼无限重复的生活中，找到了属于自己的一片心灵空间。

后来，望火楼通了电，考虑到他们工作枯燥，林场给望火楼上配了电视和卫星天线，这才丰富了他们的娱乐生活。但好景不长，卫星天线被大风刮坏了，只能收看一个书画节目。为了“充分利用”这个宝贵的节目，刘军开始跟着电视学起了剪纸、画画，齐淑艳也学会了绣十字绣。

如今，一幅幅的画作成了他们“家里”最多的装饰品了，刘军也硬生生地被孤独寂寞“逼成”了“画家”。

望火楼的墙上，挂满了刘军的工笔画作品，有展翅的雄鹰，有栩栩如生的大公鸡，还有花鸟虫鱼、草原森林……眼前之景皆可入画，朴素的风格中体现着画者独特的想象力。其中，一幅名为《守望》的画作格外引人注意，画上是两只睁着大眼睛，依偎在一起的猫。“我是想表达我们俩相扶相依、苦中作乐、坚守岗

从望火楼上看到的茫茫林海

位、看护好林子的心情。”刘军说。

最近这两年条件好了，望火楼里能够上网了，刘军夫妇的生活变得越来越丰富。齐淑艳甚至学会了玩游戏，这远比纳鞋底、绣十字绣好玩得多。

除恶劣天气、孤独寂寞外，一些野生动物的造访也让刘军夫妇整日提着心、吊着胆。

刚来望火楼没多久，刘军夫妇就遭到了“骚扰”。有一天，楼下跑来一个狗似的动物，也不喊也不叫，就往楼下一蹲，一待就是半天，在那儿赖着不走，眼睛冒着金光，舌头耷拉着，流了一大摊哈喇子，吓得他俩也不敢出门，检查了好几遍门窗是不是锁死了，生怕它从哪个窟窿里钻进来。

等它走了，刘军夫妇才长舒了一口气。后来下了山听老人讲，他们才知道这就是狼，它可能是饿了，独自出来觅食的。

所以等到第二年再次上望火楼，刘军夫妇就带了两条狗，一来是解闷，二来是壮壮胆，万一再来了狼，起码能够吓唬吓唬它们。

结果没想到，这两条狗比人还“尿”。有一天夜里，也不知道外面是什么动物弄出了个声响，两条狗突然间疯了一样地往墙角里躲，不管刘军怎么喊、怎么拉，它俩都不敢出来。刘军本指望两条狗能保护他，结果它俩反倒成了保护对象。

刘军夫妇也赶忙又把门窗都检查了一遍，把桌子凳子都堆在门后面，手里拿着棍子、铁锹，生怕万一有什么东西闯进来。

还有一次，刘军进山采野菜，刚蹲下要挖，就远远地看见有匹狼正背对着自己趴在小丘上。虽然已经见过好多次狼，但那都是在望火楼里，有厚重的墙保护着自己，如今猛不丁地和它在旷野里相逢，刘军立马吓得一动不敢动，脑袋却一刻不停地思考着该如何脱身。

也不知蹲了有多长时间，狼依旧趴在地上没有离开的迹象。刘军把心一横，慢慢直起身子，面朝着狼，顺着原路缓慢地往后撤，生怕发出一点声响引得狼突然转身。

幸好，那条狼没有什么反应，刘军就这么慢慢地脱离了危险区。一回到望火楼，刘军赶紧把大门一闩，全身虚脱一般地栽倒在床上。齐淑艳问他怎么了，刘军喘了好几口气都说不出话来，等喝了一大口水，才慢慢将刚才的事情说出口来，再一看，自己全身都被冷汗浸湿了。

“刚来的时候最害怕了，后来见得多了也就习惯了，你不去招惹它们，它们一般也不会主动攻击你，我们是‘井水不犯河水’。这几年塞罕坝来的人多了，狼之类的野生动物也不多见了，但是野猪、狍子啥的还有。”齐淑艳笑着说。

刘军的桌子上，摆着许多本“望火楼瞭望报告笔记”，上面密密麻麻记录了何时、何方、何地、发生何情况，“能见度50米”“能见度差”“能见度极差”……最多的，则是简单的两个字“无事”。而对他们和林场所有人来说，这两个字是最大的安慰。

翻开一本2013年春天的笔记，5月9日那天，下午3点，记录是“阴，偏西风3—4级，能见度很差”；5月11日那天，中午12点，记录是“多云，偏西风3—4级，无事”。像这样的记录，过去十几年间都是完整的。

“夏季防雷火，秋冬春要防人为火，发现火情要准确分辨方位和种类。火情和火情不一样，草燃烧是白烟，树燃烧是黑烟，雾起来发散没‘根’，树草燃烧有‘根’……”说起如何防火，刘军满肚子都是话。

刘军夫妇是孤独的，却不是唯一的。在百万亩人工林海中挺立着九座望火楼，如同森林之眼，与地面巡护、视频监控、探火雷达等一起，担负着整个林场的火情监测。

由于第三代望火楼年久失修加之多次遭受雷击，2014年9月，刘军夫妇搬进了不远处的第四代望火楼。晚上，已经在楼顶瞭望工作了14个小时的刘军结束了白天的工作。他像往常一样，每隔15分钟就用电话向防火指挥部报告一次情况，并且将情况记录在瞭望报告笔记上。长时间地紧张瞭望后，刘军只觉得双眼酸涩发干，他用力地揉着太阳穴，试图让自己放松下来。

“这活儿费眼，要向四周转着不停地看，着火冒的烟和山里起的雾不好区分。过段时间如果下雪了，将是白茫茫一片，更得仔细瞅着。”刘军揉着酸涩的双眼，放下老旧的望远镜说道。常年寒冷的天气，让刘军落下关节炎和胃疼的毛病，每到变天时节，刘军就觉得浑身酸痛。但他必须坚守在山上，只能靠吃点药扛过去。

在白天工作结束后，同是望火员的妻子齐淑艳端出炒好的腌制野菜，在一片安静中，两人开始吃晚饭。由于长年累月在山上生活，刘军、齐淑艳夫妇的话变得很少。饭后，齐淑艳穿戴好厚工服，踩着楼梯登上楼顶，今晚是她值夜班……

刘军、齐淑艳夫妇在这里已经瞭望了 11 个年头。这 11 年来，他们在防火期的每一天都重复着相同的工作：轮流值班，轮流睡觉。刘军将观察瞭望情况记录在瞭望报告笔记中。这 11 年的工作记录，竟然没有一天缺失。

在望海楼里，林场给他们安装了供热锅炉、通了光纤网络，还挖了深水井。望海楼上也安装了先进的自动化红外监控和通信设备。

正是在刘军夫妇等望火员的精心看护，以及不断更新的设备的加持下，五十多年来，上百万亩的塞罕坝林场没有发生过一起大的森林火灾。

站在塞罕坝北方的瞭望塔上，历史和现实就像一幅波澜壮阔的人工画卷。林场外，与林场仅一河之隔的地区，与林场有着完全相同的气候、土壤与降水条件，但那里竟然还是一片泛黄的沙地，长着稀疏的草与低矮的树；林场内，上百万亩林海如苍绿的波浪在风中起伏，这是三代塞罕坝人共同奋斗的结果。在这林海背后是伟大精神的传承，刘军一家是其中的代表。

“献了青春献终身，献了终身献子孙”，还没等到刘军夫妇把自己“献”完，他们的儿子刘志钢也被“献”了出来。而这些年刘志钢“残缺”的少年经历，也成了刘军、齐淑艳夫妻最大的遗憾。

由于刘军夫妇常年要在望火楼上看林子，从刘志钢小学开始，他们就只能狠心把他送到了围场县城的一家寄宿制学校上学。在整个童年中，刘志钢几个月才能回家一次，几乎每次都是自己乘坐塞罕坝机械林场至围场县城的长途客车。

为了不让儿子在外受欺负，刘军夫妇每次都要给他充足的钱，让他去与同学“交往”。然而，刘志钢在学校并不因此而受同学待见，有时还会被称为没有爸爸妈妈的“野孩子”。

“因为这个事，儿子在学校经常打架，那时候他不理解父母的工作性质，回家的时候还跟我们说不是我们的儿子，那片林子才是我们的儿子。”齐淑艳说。

上了初中以后，刘志钢体会到了父母的艰辛，在放假的时候主动回到林场帮父母干活，学着瞭望。有时也会带着同学到他“家”住上几天，跟同学们聊着这片让他“受伤”的林子。

中专毕业后，刘志钢去了上海一家公司工作，月薪七千多，他还做了几份兼职，一个月下来能够挣到一万多，但刘军夫妇害怕儿子在外“遭难”，还坚持把两人的工资寄给儿子。

“看着儿子在外工作很辛苦，想想还不如家里，就在塞罕坝帮着他先物色了个岗位，虽说挣得不多，但心里踏实，儿子能够在身边，我们能够多陪陪他。”刘军说，现在的年轻人没人愿意再干望火员这个职业了，他们宁可没工作也不会上山来。

理解了父母的良苦用心后，刘志钢辞去了上海的工作，回到塞罕坝林场后被暂时安置在了阴河林场的扑火队，成了一名临时扑火队员。“他回来后我就跟他沟通了让他接班的想法，他同意了，现在就是希望他能够尽快转正。”刘军说。

刘军的父亲是响应国家建设塞罕坝号召的第一代人。如今，刘军 24 岁的儿子刘志钢，也加入了这一队伍。

“亲爱的爸爸妈妈，你们为了看护林子，把我扔在县城读寄宿小学。你们最亏欠的就是我。我曾误会你们。”刘志钢在写给父母的信中是这样说的，“我小学三年级就在围场寄宿小学读书了，你们在远隔一百多公里的坝上看护林子，放暑假寒假也是自己收拾行李去坐车。同学们笑话我说，‘你就是没有爸妈的孩子。’那时候小，也不懂事，就打电话非让你们来看我，好向同学们证明，我是有爸妈的孩子。”

后来，刘志钢实在等不来爸妈，竟然拿起治疗外伤的正骨水咕噜咕噜喝下肚，认为只要自己生病，就能让父母赶紧回家。得知儿子的消息后，刘军、齐淑艳夫妇心如刀割，难过异常。但当时，正处在防火护林的紧张期，他们只能委托家中的其他长辈照看刘志钢。如今，刘军、齐淑艳夫妇说起这段往事时，依然是心痛不已，觉得对不起儿子。

现在，刘军、齐淑艳夫妇的事迹也引来众多媒体争相采访。用齐淑艳的话说，他们两口子一下成了名人，原本极度冷清的望海楼，现在也是“每天都有人来”参观访问。当然，热闹也并非是望海楼的常态，当喧闹过去，刘军、齐淑艳夫妇还是会孤独地坚守在岗位上。

刘军说道：“我没想到，我的工作赢得大家这么多关注。但我已经想得到，刘志钢会接下我的接力棒，在我退休之后，他能继续守望林海。”刘军的心愿，也正是刘志钢的心愿。

“我一直想得到你们的肯定，现在你们终于认可了我，觉得将来可以把望海楼交给我，你们不知道我是多么地高兴。”刘志钢得知父亲的心愿后，大声读出了这封写给爸妈的信，“将来我会申请到望海楼，继续看管这片林子。”

不忙的时候，刘志钢总是回到望海楼帮着父母瞭望。2017

年 6 月，刘志钢结婚了，媳妇是林场附近一个包工头的女儿。儿媳也非常支持刘军夫妇的想法，等他们退休了，刘志钢夫妇会继续留在望海楼，继续看护着那片林子。

齐淑艳说:“儿子回来后，我们都特别高兴，我一天见不到他都想，每天晚上要微信视频，聊聊家常。”刘军说，“让儿子回来就是想多弥补一下他，在他上学阶段我们都没好好照顾过，希望他能够尽快转正，等我们退休了让他来接班，他也愿意。”

如今，刘志钢已经成为林场的扑火队员，他也是这个家里的第三代护林人。这 11 年来，刘军、齐淑艳这对望火员夫妻，始终在这望海楼上坚守。他们亲眼看着面前的树木一日日成长，这也是他们最欣慰的事。每当他们想到，自己守护的这片林海成功地为京津阻挡了风沙，为祖国构筑起一道绿色屏障，他们就会觉得自己的付出是值得的。

第十二章 世世代代把造林营林事业继续下去

1996 年以后，大学生毕业不再包分配了。

原以为这一政策将导致塞罕坝机械林场人才梯队出现青黄不接的现象，没想到，主动选择塞罕坝的大学生居然很多。

在前辈的光环下，塞罕坝的年轻人总显得默默无闻，他们也不屑于宣扬自己工作的酸甜苦辣，毕竟工作环境较之以前已经好了太多太多。

但是，塞罕坝上的这群年轻人，他们依然是同辈群体中最特殊、最光芒四射的。他们用现代林业知识武装自己的头脑，从塞罕坝创业者爬冰卧雪的故事中汲取养分，将守护塞罕坝的使命扛在肩上。

在塞罕坝林场采访时，记者偶然得到了一本名为《塞罕坝主要林业有害生物测报防治手册》的书，内容翔实，尤其是配了许多珍贵的图片，其中提到的有害生物，不消说记者闻所未闻，就连林场的职工，有些也叫不上名。

这本书的编著者，叫国志锋。他说，有了这种普通人看得懂的防治手册，才有可能发动全场职工监测、预防有害生物，才能护好这片大林子。否则，只靠林场病虫害防治检疫站的有限人手，难免顾此失彼。

“比如说，作业员经常跟树打交道，如果他们懂得看树周围的环境变化，就能将病虫害扼杀在萌芽阶段。”

这经验是用大代价换来的。

2000 年，国志锋来到塞罕坝，第一眼就爱上了这片林海。他决定留下来，和这片林海融为一体。于是，他成为塞罕坝第一个森林保护专业的本科毕业生。

2002 年，松毛虫大举来袭，塞罕坝局部地区受灾严重，时任技术主管的国志锋领命上山灭虫。

这场战役持续了两个月，最终松毛虫败下阵来。虽然穿着防护服、戴着双层口罩和防毒面具，但一场战役下来，国志锋和同事们还是脱了一层皮。

不能被动挨打！

从河北农业大学林学院毕业的国志锋，深知一旦出现病虫害，对于物种相对单一、生态系统相对脆弱的“人工林”塞罕坝来说，将是“致命打击”。

所以，此后的十几年，国志锋只专心做“一件事”：不断观察各种害虫的生活习性，以找到最有效的防治方法。就像啄木鸟一样，消灭病虫害，保护整片森林的健康。

国志锋在林场森林病虫害防治检疫站的办公楼里，建起了一间标本室。塞罕坝机械林场中11个目900多种害虫的2万多个标本均陈列其中。“每抓到一种新害虫，我们就会在这里研究，每种害虫有多少个虫态、怎么防治，这儿也是森防站技术员们学习的‘图书馆’。”国志锋说。

这些标本的取得不是一蹴而就的。林场病虫害防治的关键时期，国志锋忙得有时一天只能挨床一两个小时。每年4月底防治鞘蛾，5月防治尺蛾，5月下旬到6月上旬防治松毛虫，6月上旬防治叶甲类昆虫，7、8月防小蠹，8月底防治白毛树皮象，9月底防治锉叶蜂。冬天也不闲着，即便最低气温达到-40℃，他们还要上山防山鼠……

“森林安全就是我们最大的业绩，如果出现大面积病虫害，说明我们工作没做好。”国志锋喜欢把自己的职业称为“森林医生”。

白毛树皮象，是国志锋和他的伙伴们发现的塞罕坝独有的一种害虫。国志锋连续观察了三年，掌握了它的所有习性，开始与白毛树皮象斗智斗勇……

国志锋在树根部绑上涂着药的棉球，设想等白毛树皮象通过棉球时被毒死。结果发现，它具有的飞翔能力能飞跃棉球，绑棉球的铁丝还会影响小树生长。

一计不成，再生一计。

在树根灌药把卵杀死，试验再次失败，它的产卵期长达两三个月，药效在这期间会早早消散。

国志锋不气馁，最终找到一种缓释药，药液喷到树上会变成一个个水滴形状的小胶囊。白毛树皮象爬到树干上，一脚踩炸了胶囊，里面的有效成分“啪”地炸到它身上，虫子顿时中毒而死。白毛树皮象终于败下阵来。

于士涛是个“80后”，微胖，一看就是个好脾气。他开口闭口都是“林子”，说时透着几分得意。2005年大学毕业，他一头扎进塞罕坝，吃了蜜一般。而女友付立华考入中国林科院，攻读硕士研究生。2008年，她毕业留在北京，有一份不错的工作。

到底谁“投靠”谁，他们之间出现了一场拉锯战。

付立华多次来到塞罕坝，“走进林子里，每一次都感觉不一样，每一次都很新鲜。”2011年，她终于融入了塞罕坝。

于士涛说：“我们林业有个说法，叫‘适地适树’，意思是环境条件要跟树种特性相适应。我们俩之所以选择了塞罕坝，或许也是因为符合这项原则吧。”

于士涛是河北定州人，生长在平原地区，在来塞罕坝之前几乎没有见过大山，所以特别向往那种有山有水的生活环境。高考时他报考了河北农业大学林学院，2005 年大学毕业后，如愿来到了一直心向往之的塞罕坝林场。

刚开始的几天，于士涛感觉哪里都很新鲜，可是在激情消退之后，随之而来的各种困难考验超过了他的心理预期，梦想与现实的反差让他几乎无法承受，甚至有好几次都收拾好了行李，准备打退堂鼓。

后来，在父母的劝说下，在女友的鼓励下，于士涛还是坚持了下来。

2006 年春节过后，于士涛被调入生产股工作，由一位叫顾殿江的老师傅带着。顾师傅被称为林场的“活地图”，千层板林场 27.6 万亩的面积，不论哪片林地的位置、面积和生长情况，他都能脱口而出，一下子就把于士涛给镇住了。

“这也太厉害了！顾师傅的脑子比电脑还快！”

让于士涛震惊的不止顾殿江师傅一人。他说：“原总场科研所所长戴继先，他跑遍了全场的林班、小班、湿地、草甸，主持完成了‘塞罕坝机械林场落叶松人工林集约经营系统的研究’等科研课题，是一位技术‘大拿’。但他因积劳成疾，年仅 52 岁就病逝了。我后来才知道，老一辈塞罕坝人由于长期在恶劣的自然环境中艰苦劳动，去世的平均年龄就是 50 多岁。他们真的是不顾自身，把自己献给了祖国最需要他们来干的事业。”

在这些老一代务林人的帮助和带动下，于士涛和许多新来的大学生开始了新的创业历程。

从一年四季的防火到防虫到资源管护，从育苗到整地到造林，从割灌到抚育到经营利用，他们每天早出晚归，走遍林场的每一个小班，每一块林地。

人变黑了，脸上布满了坝上“高原红”，真正变成了一个地地道道的“山里人”。

但他们说，那段时间虽然很艰苦，但感觉很快乐、很充实。

经过不懈努力，于士涛由一名普通的技术员逐渐成长为一个分场的场长，女友2011年林学硕士毕业后，也选择来到了塞罕坝。就这样，又一对志在林业的年轻人把根扎在了塞罕坝。

面对塞罕坝机械林场在近年获得的荣誉和极高的社会关注度，于士涛的认识很清醒，他说：“身为第三代务林人，建设塞罕坝的历史重任已经落在了我们肩上。我们一定会传承和发扬好塞罕坝精神，用青春和汗水去书写塞罕坝更加美好的明天！”

女性群体，在塞罕坝是特殊的，因为塞罕坝的自然环境实在不适合女性生活。然而，从18岁的尹桂芝、陈彦娴，到今天的女大学生，塞罕坝的女性从来巾帼不让须眉。

杨丽就是其中的代表，她在塞罕坝找到了发挥专业特长的机遇和对工作的热爱，塞罕坝上第一位女博士这份殊荣，不过是这份热爱的副产品。

2009 年，杨丽研究生毕业后，来到了塞罕坝。在来之前，她还特地“百度”了一下，网上那些美丽的风光让她心里对塞罕坝充满了期待。

可没想到的是，报到的第一天，她就大失所望。

杨丽的老家在石家庄市行唐县，距离塞罕坝有 800 公里。报到那天，已经是 12 月中旬了，知道坝上冷，杨丽特地穿上了最厚的保暖内衣和棉衣棉裤。

坐着绿皮火车“咣当”了十个多小时到承德，再坐五个多小时汽车到了林场，一下车，杨丽就傻眼了。

寒风像无数把刀子，割在了她的皮肤上，还夹杂着雪，扑到她的脸上，眼镜上立刻雾蒙蒙一片。

林场孤零零地夹在大山里，放眼望去看不到人烟，杨丽的心一下子凉透了，泪水开始在眼睛里打转。

林场领导不知道接了多少批大学生了，很了解这些新职工的心理，一上班就组织大家参观场史馆。

当那些前辈们住过的马架子、造林用过的工具、穿戴过的衣帽就在眼前，“马蹄坑会战”、六女上坝一个个感人的故事就在耳边时，杨丽和其他一起来的大学生们被深深地震撼了。

杨丽说：“在如此艰苦的条件下，前辈们不仅自己造绿，还让子孙后代接着造绿。听着创业者的故事，再看看我现在的生活、工作条件，现代化的办公楼，干净舒适的公寓，水电暖齐全，有室内卫生间，我还有什么不知足的呢？”

塞罕坝的人都很朴实，相处起来很轻松，于是，渐渐适应了坝上的气候之后，杨丽渐渐地喜欢上了这里。一开始她在办公室做文秘工作，几个月后她发现专业没有用武之地，便主动要求调到了生产股，还参加了林场青年先锋队。

杨丽到生产股时，已经进入12月，白天气温也在零下30多摄氏度，而此时，生产股的职工需要到山上统计木材。

回忆起那段经历，杨丽说：“第一次去干这个活儿，就让我终生难忘。当时的工作地点正好处于风口上，风力达到了七八级，积雪没过了膝盖，风裹着雪打到脸上钻心地疼。脚冻得没有知觉，手也冻木了，根本张不开，只好每隔十分钟去车上暖和一会儿，回来再接着干。那个时候心里最期盼的是午饭，因为可以在山场看库人的窝棚里，用烧开的积雪水泡方便面，围着火炉子取暖。直到现在，我还认为人生的一大快事就是在大冬天守着火炉吃泡面。”

每年统计工作结束后，大家会被安排轮休，家近的人都回家了，公寓楼里经常只剩杨丽一个人。走在楼道里，她都能听到自己的呼吸声。那一阵子，她感到很无聊，每天在宿舍里看电视，玩手机，读网络小说。

一天，她跟着领导去大光顶子山顶的望海楼去慰问，见到了那里的望火员，好好地“上了一课”。

望火员的工作单调乏味，在每年 9 个月的防火期里，瞭望、记录、报告是他们每天要做的事，每 15 分钟就要瞭望一次，一天要瞭望 96 次，一年要瞭望 25000 多次，而望海楼里的夫妻，往往一坚守就是十多年。

尤其是刘军，为了排遣寂寞，跟着电视上的节目学会了画水彩画，他把望海楼房前屋后的景色全都画在了画里，然后裱好了挂在墙上，最上方还挂上四个大字：乐在其中。

看着那一幅幅有趣的画，杨丽感觉自己的人生突然又照进了一缕阳光。为什么不能利用这难得的闲暇干点什么呢?

当时林场刚好出了一本植物图谱，杨丽便利用业余时间来研究。那里面的各种花卉最让她心动，它们美丽的花色、芬芳的果实深深吸引着杨丽。

塞罕坝生态环境的改善，也使这里的生物多样性得到恢复。目前，这里的野生植物多达 600 多种。由于生长条件特殊，塞罕坝的野生花卉花大色艳，引种栽培的价值很大。林场成立了专门课题组，杨丽主动申请，成为了其中的一员。

杨丽的生活突然就充实多了，查资料，搞调查，写论文，好多个晚上，经常是翻着翻着书就趴在桌子上睡着了。

慢慢地，杨丽认识了塞罕坝的数百种花卉，能够准确地说出它们的生长习性和生长地域。到现在，课题组已成功地将玉竹、百里香等 20 多种坝上花卉，引到低海拔地区，为城市绿化美化增添了新的美丽。

而杨丽收获更丰，因为这项研究课题的缘故，杨丽与母校的博士生导师结缘，顺利地考取了河北农业大学的博士研究生，成为林场历史上的第一位女博士生。

花是美丽的，但研究花的过程并不全是诗情画意。为了能确定野生花卉的分布、生长状态和发展趋势，需要进行大量的野外调查。

有一次在山上，杨丽被一种当地土语叫作“桦皮夹子”的虫子咬了，四天后才发现。像苍蝇那么大的虫子已深深烂死在杨丽的肉里，到医院才取了出来。

从那以后，即使是在夏天，杨丽也会穿着秋衣秋裤上山。

杨丽说，到塞罕坝八年了，自己从未穿过裙子。但她从不觉得这是一种遗憾，因为与鲜花为伍，她将自己的事业和人生融在了林海中。当鲜花铺满绿海时，花海，就是她最美的裙子！

刘鑫洋直到成为家里的第三位塞罕坝人，才真正懂得了父母。

这个年轻的“90后”，有着“90后”的青春与活力，从河北农业大学毕业后，她成为塞罕坝机械林场千层板林场生产股的一名技术员，一年中有超过200天泡在野外。

上山作业时她不仅要做好防晒工作，还要时刻注意杂草里的毒虫，倘若一不小心还会失足滚下山坡。

虽然刘鑫洋一家四口都在塞罕坝机械林场，却“分居四地”。

父亲刘飞海是塞罕坝机械林场大唤起林场下河边营林区主任，住营林区宿舍。

母亲袁秀芝是大唤起林场会计，住在大唤起林场的家中。

刘鑫洋则住在位于机械林场总部的单身宿舍。

她还有一个 17 岁的弟弟，在围场县城一所中学寄宿。

于是，小小的微信群“一家四口”成了这家人日常交流的平台。

在刘鑫洋的印象中，从小到大，她都生活在这样的环境里，从没有“放学之后推开家门父母正在等我”的体验。

“小学是在机械林场总部上的，当时住在大伯家，后来到围场县城中学，就开始寄宿了。”刘鑫洋小的时候，父母由于工作繁忙，不能常常陪伴在她左右，她也曾孤单、难过，甚至埋怨过。

而今，她成了父母的同事，也终于能够体会到父母心中的无奈和坚持。

“6 点半就起床，刚回来，中午就吃了一口饭。”在“一家四口”微信群里，她向父母“诉苦”。

21 时 32 分，妈妈回复她：“我们也刚吃饭。”

“终于知道老爸老妈年轻的时候有多辛苦了，你俩辛苦了！”面对刘鑫洋的突然“告白”，妈妈的回复依然很简单：“丫头累了吧！”

原本以为这样的“示爱”，妈妈并没往心里去，但不久后，刘鑫洋就发现，这些对话已被妈妈悄悄截图，保存在了手机里。

“林三代”开始审视父辈们当年的艰苦。刘鑫洋说，她是典型的“林三代”，身体里流淌着塞罕坝人的血。

时间如白驹过隙，塞罕坝精神薪火相传。让人没有想到的是，国家不再为塞罕坝林场分配工人，但每年都有无数本科生、研究生志愿到这里奉献。

尹海龙，是在塞罕坝出生、成长的人，2005 年大学一毕业，尹海龙就主动回到林场，担任塞罕坝的技术人员。

于士涛，1980 年生于保定。在他上初中时，曾经被塞罕坝的林海深深震撼。从河北农业大学毕业后，他就毅然决然地选择了塞罕坝。

冬天，他们与西北风为伍，夏天，他们与紫外线做伴。尹海龙和于世涛的脸晒黑了，手干肿了，当他们的同学来坝上参观时，有些同学劝于士涛：“你总不能一辈子就在这里吧？”可于世涛却说：“我的专业在这里，离开这儿，就像树没了根儿！”

一个又一个尹海龙，一个又一个于士涛，他们从祖辈、父辈手里接过传承棒，在这片艰苦卓绝植就的浩瀚林海里，用自己的辛勤与奉献续写着令人震撼的篇章。

如今，塞罕坝林场的工作人员积极响应国家的号召，大力实施“生态立场、营林强场、产业富场、人才兴场、文化靓场”五大发展战略。他们开辟了以建设现代林场为目标的二次创业的新战场，打出了“再造三个塞罕坝”的伟大旗号。

“咬定青山不放松，立根原在破岩中。千磨万击还坚劲，任尔东西南北风。”

在平均海拔 1500 米的塞罕坝高原上，一代又一代的工作人员顽强地将根扎在塞罕坝上。他们种下的不仅仅是一棵棵落叶松、樟子松、云杉的幼苗，他们种下的，是为了恢复绿水青山，再创美好家园的生活理念和信念。

塞罕坝阻击了侵袭林场的“沙魔”。它用上百万亩林海，筑起一道牢不可破的绿色保护罩，有效地阻滞了浑善达克沙地的南下侵蚀。

树木是最好的制氧机，塞罕坝的茫茫林海，每年能够产生 55 万吨氧气，换句话说，就是能供 200 万人呼吸一年！在塞罕坝林海中，号称“空气维生素”的负氧离子含量，最高能达到每立方厘米 8.5 万个。

塞罕坝林场调节了气候。跟林场建成初期相比，这里及周边区域的小气候都得到了有效改善。无霜期从最初的 52 天增加到

64 天，大风日数从原来的 83 天减少到 53 天，而降水量也从不足 410 毫米增加到 460 毫米。

塞罕坝林场庇佑了生物。林场工作人员每天清晨一开窗，都能听到“布谷布谷”声，布谷鸟和昆虫的鸣叫提醒人们，这里就是大自然的保护区。如今，塞罕坝的生物多样性已经得到恢复，这里栖息的陆生野生脊椎动物有 261 种，鱼类有 32 种，昆虫有 660 种，植物有 625 种。其中，名列国家重点保护动物的物种有 47 种，国家重点保护植物有 9 种。

塞罕坝林场为减缓全球气候变暖做出了重要贡献。这片林海每年能吸收超过 75 万吨造成温室效应的二氧化碳气体。

“塞罕坝处在一个非常重要的生态区位，处于内蒙古高原到华北山地的过渡地带，是多条河流的源头，阻挡北边风沙南侵，对于其南面的京津唐地区是一道不可或缺的生态屏障。”中国工程院院士、林学及生态学专家沈国舫强调，“塞罕坝的这一大片百万亩森林，不仅起到涵养水源、保持水土的作用，有利于生物多样性的保护，而且大量吸收、固定二氧化碳，成为碳汇库，对减缓全球气候变暖具有重要意义。”

“草木植成，国之富也。”根据中国林科院的评估结果，塞罕坝林海的生态价值是木材价值的 39.5 倍；这里的森林生态系统，每年所产生的生态服务价值超过百亿元。据测算，目前塞罕坝的森林资源总价值已经将近 200 亿元，从任何意义上说，塞罕坝都是珍贵万分的宝物。

更加令人欣喜的是，这片绿色林海正在向承德伸展。塞罕坝百万亩林海已经成为全国的榜样，更成为承德市的典型，在塞罕坝的示范作用下，承德市正加速推进造林绿化，全市的森林面积达到 3360 万亩，森林覆盖率也从最初的 5.8% 提高到现在的 56.7%，增长了 9 倍，一跃成为华北地区最绿的地方。

承德市委书记周仲明骄傲地说道："华北唯一一个不缺水的城市，是承德。承德一年产生水资源总量达 37.6 亿立方米，流向京津的界面出水量达 22 亿立方米。弘扬塞罕坝精神，对承德的经济社会发展产生了巨大的推动作用。"

这片绿色不但在承德市铺开，也在向河北铺开。张家口塞北、承德丰宁千松坝、围场御道口等地作为"京津风沙源治理工程"的重要组成部分，它们都遵循了塞罕坝精神，大力植树造林，阻挡沙暴南下侵犯华北。

它们和塞罕坝林海一起，为北京构筑了一道宽约 30 公里、长约 360 公里的绿色生态屏障，它们合力构筑起更加牢不可破的京津冀生态防护林体系。

塞罕坝的林子能阻挡住多少沙尘？根据国家气象资料：20 世纪 50 年代，北京市每年平均有沙尘大数 56.2 天；2002—2012 年这 10 年间，北京市的春季沙尘天数减少量超过七成。

在塞罕坝精神的带领下，河北省的森林覆盖率从最初的3.8%增加到现在的32%。张家口和承德两市，也从最开始的防沙治沙重点区域内的“沙尘暴加强区”转变为“沙尘暴阻滞区”。

“这是世界上面积最大的人工森林，如果按1米株距排开，可绕地球赤道12圈。”塞罕坝机械林场党委书记刘海莹自豪地说，“谁能想象得出，塞罕坝的过去是黄沙漫天。”

然而，塞罕坝的生态虽然恢复生机，却依旧脆弱非常。这里还需一代又一代塞罕坝人的守护，需要他们造林、护林、营林、爱林，让塞罕坝迎接更加光明的今天和明天。

“献了青春献终身，献了终身献子孙。”为了塞罕坝的绿水青山，几代塞罕坝人用半个多世纪的时间植绿荒原。他们有的因公殉职，有的终身残疾，在这片高原荒漠中，他们营造了浩瀚林海，他们用忠诚和执着，凝结出了“牢记使命、艰苦创业、绿色发展”的塞罕坝精神。

附：

绿色丰碑

——河北省塞罕坝机械林场艰苦创业史

刘　芳

在“大漠风尘日色昏”的塞上高原，有一座广袤无垠的机械化大林场，那绵亘一千多平方公里的莽莽森林，像一片绿色的海，早已淹没了昔日的沙尘；犹如一颗闪光的明珠，被镶嵌在北国的大地上——这就是名闻遐尔的河北省塞罕坝机械林场。

在这块海拔一千米至一千九百多米的高寒地带，年平均气温只有零下一点九摄氏度，最冷的时候约在零下四十四摄氏度左右。几乎整年都是白雪皑皑，风沙弥漫。全场三百六十多名干部和工人，就是在这样恶劣的气候条件下，斗风雪、战严寒，奋战了二十五个春秋，用去了一代人的青春和心血，才把这片荒原染上了绿色。现在全场的木材蓄积量已达一百二十多万立方米，其价值，已超过建场二十五年国家投资总数的八倍多。按四十年成林计算，再有十五年，全场每年将产木材两万立方米，价值两千多万元，永续作业，往复循环，价值无限，真是一座绿色的聚宝盆。更重要的，是它以它绿色的屏障，有效地阻挡了由内蒙古高原南下的风沙和寒流，大大改变了京、津地区的气候，它像是一座功德无量的丰碑，屹立在祖国的北部高原上。

决策之前

一辆绿色的吉普车，像离弦的箭一样在雪原上奔驰，那呼啸而来的凛冽寒风，夹着团团雪花，肆无忌惮地在追逐着车轮。车里坐着的是林业部的几位专家和当时国营林场管理局局长、现在的林业部副部长刘琨同志。他们已在这风雪肆虐的草原上，奔跑三天了。在这样的不毛之地上，真的能够造出林来吗？那弯曲的车辙，如同一连串大大的问号，要前来考察的人回答。

小车来到围场坝上的北曼甸时，眼前像有一杆绿色的大旗在迎风招展，近前一看，却是一株参天松树，在寒风中傲然屹立！他们跳下车一量，直径有四十多厘米，高十几米，三天来第一次见到这么高的绿树，一股难以抑制的激情和喜悦在刘琨心中油然而生，有树就有林。这有名的坝上一棵松，给林业工作者带来了希望。

接着，刘琨同志又带着大家来到了海拔一千九百多米高的练兵台，在那里，他们发现了许多残存的树根。这地方过去是清朝皇帝狩猎的围场，曾经森林密布，百花丛生，直到光绪二十七年才开禁种田，破坏了生态平衡，变成了今天这个样子。

几天来的坝上之行，他们找到了造林的依据，找到了信心和勇气。后经国务院批准，做出了在塞罕坝建设大规模的机械化林场的决定。

二十五年前的这一幕，老同志回忆起来，仍然历历在目。

“到塞罕坝去”

“到塞罕坝去！为祖国建设新的林区！”这响亮的口号，几乎成了当时林业战线一次向大自然进军的号令。当时我们国家正经历着一场严重的饥荒，“低指标，瓜菜代”，在这样的困难时期，要朝坝上派人，其困难的程度是可想而知的。林业部党组认为，要别人办事，必须自己先带头，他们决定派林业部机关最能干、最得力的高级工程师张启恩同志去挑这副担子，统管建场的技术工作。

张启恩四十年代初毕业于北京大学林业系，在旧社会，他虽有报效祖国的壮志雄心，但始终未能见诸行动。中华人民共和国成立后，在党的领导下，他的聪明才智得到了应有的重视和肯定。部里决定叫他去塞罕坝机械林场当技术副场长，他二话没说，决心大干一场。

当时部党组考虑张启恩一家五口人，三个孩子在念书，到坝上去困难太大，劝他先不要带家属了。可作为林业工程师，张启恩深知建一座大林场绝非一两年能办到的，需要几十年，甚至一辈子才能完成。此次出征，说不定将要在坝上埋下自己的尸骨。自己不把家搬去，其他同志如何安心！

时值秋天，在北京女孩子还穿着花裙子，可这坝上，已是大雪纷飞，寒风凛冽的冬日了。望着冰雪覆盖着的大地，妻子无言地哭了，孩子也瑟缩着从皮衣襟里露出小脑袋，惊恐地呆望着这个陌生的世界。

打出一杆旗，带出一大片。随着张启恩的脚印，一批又一批的有识之才赶来了：东北林学院的大学生们来了，白城林业专科学校的人来了，承德农校的学生也来了，短短的时间内，全国各地为塞罕坝送来了五十多名大学生和八十多名中专生；承德一中刚毕业的六名女学生，也迎着绿色的呼唤，毅然来到坝上造林。

育出自己的松苗

建场初期，遇到的最大难题是苗木奇缺。当时自己一无苗圃，二无设备，更没有在高寒坝上育苗的经验。每年造林，全靠从东北、承德进苗，由于长途运输，外地苗对坝上水土气候不适应，栽上的树，几乎全部枯死，头两年的造林失败了，干部、工人的情绪低落。在这关键时刻，场党委充分发挥广大知识分子的作用，号召他们献计献策，搞科研，攻难关，决心要在坝上高寒地区育出自己的树苗来。

李兴源是四十号苗圃的技术员。他在学校时曾被错划成右派，后来虽摘了帽，但“文化大革命”一开始，就被送到深山间窝棚里关押，李兴源忍辱负重，没有忘记自己的实验。为了准确地掌握落叶松在坝上播种的适宜深度，他把种子由浅到深，播了十几个层次；为了试验落叶松在什么样的温度下不会冻死，他每天夜间都守在小苗旁，注意测量。经过这样反复实践，他终于找到了变下床为上床以提高地温，变撒播为条播以适应幼苗喜爱群生的特性，变遮阴育苗为全光育苗以保证幼苗生长有充足的阳光等一整套育苗方法，落叶松终于在坝上扎下了根。

闪光的林海，闪光的人

“你千万不要写我，这无边无际的大森林每一棵树都浸透着全场职工的心血。”现任塞罕坝机械林场党委书记丁克仁同志对我说。这位 1962 年从承德农专毕业，来到坝上的知识分子，经历了非常曲折的人生，为塞罕坝的林业建设做出了宝贵的贡献，他一再声明“不要写我”，赞不绝口地介绍别人的先进事迹。

俗话说，三分造林七分管，营林抚育更要操心费力。现在全场一百四十多万亩山场上的幼树，都已育闭成林，广大干部和工人，常年都得钻进密林里，疏枝剪丫，合理间伐。去年冬天，坝上的气候特别冷，很多时候都在零下四十四摄氏度左右。人们就是冒着这样的奇寒，坚持每天上山。他们蹚着一米多深的大雪，在密林里爬来滚去，树上的雪落到身上，很快结成了冰，晚上下山时，每个人的背上都像是背着一张大锅盖，敲起来当当响。最危险的活是拖坡，伐下的树和枝柴，捆到一块儿，由人拉着，坡上的雪滑得厉害，稍有疏忽，就会出现危险。尽管这样，干部和工人还是照样抢着去上山。在林区，有这样一副对联，上联是：一日两餐有味无味无所谓；下联是：爬冰卧雪苦乎累乎不在乎；横批是：志在林海。

塞罕坝林场有一座最高的山，叫大光顶子山，海拔一千九百三十九米。在这座高峰上，飘扬着一面小红旗，像星星一样在林海中闪光，这就是有名的“夫妻望火楼”。全场一共有七座这样的“楼”，它们像森林的眼睛，日夜监视着火情，保卫着百万亩林海的安全。“楼”上的人，几乎终年不能下山，几个月连一个人影也看不见。我怀着崇敬的心情，冒着风险，到大光顶子山去了一趟。当我披着满身的雪花推开主人的房门时，并排趴在炕上看小人书的夫妻俩全愣住了。他们既不说话，也不走动。那男的盯住我，上下掀动着嘴唇，干张嘴巴不说话。他出来进去折腾了三四趟，才拿来了半盒香烟和几根火柴。等我们都点着了烟以后，他才说，除妻子之外他已经好几个月没有看到人了。他叫陈锐军，是个老知青，妻子叫初景梅，夫妻俩承包这个望火楼已经一年多了。他们平时很少说话，唯一与人间的联系就是这部电话机。小初从外边端来一盆雪，放在锅里烧开，又放了点茶叶，给我沏了一杯浓浓的茶，可我刚抿了一口，就差点吐出来，强烈的松脂味使人难以忍受。他们不单要喝这水，还要用它去做饭。从 8 月开始，一直要吃到次年 6 月。由于各望火楼认真负责，建场二十五年来，这里没有发生过火灾，整个林场被评为全国护林防火先进单位。

（原载《人民日报》1986.02.02 第 2 版）

绿色宝库塞罕坝

肖　荻

从围场北上，滦河源头，是河北塞罕坝，对面内蒙古青山叠翠。暮春时节，风和日丽，陡然一阵狂风，对面山峦顿时变成遮天蔽日的沉沉云烟，乌蒙蒙、黑黝黝，犹似山雨欲来，天将塌、地将陷……

但奇怪的是，仅仅数里之隔，我所在的这块地方却依然艳阳高照，山鸟啁啾，水波不兴，分外安详。这里就是行将建成的我国最大的国家森林公园、被誉为“绿宝石”的塞罕坝机械林场！是林海万顷改变了这里的生态环境。

早年，这里是清王朝“木兰秋狝”的皇家猎苑，清皇帝在这里习武狩猎。康熙二十年（1681 年）划为“木兰围场”，同治二年（1863 年）围场放垦。据记载，当时塞罕坝森林茂密，古树参天，水草丰美。林场老职工闵庭耀如数家珍，他指着草原上数不尽的杜鹃、芍药、银莲、芍兰花“说古”：

“过去这里有句俗话：‘棒打狍子瓢舀鱼，野鸡飞到饭锅里’，奇花异草、珍禽异兽太多太多啦。可惜的是后来清政府募民垦殖，尤其1937年日本侵略者进行的掠夺式采伐，加之山火不断，动植物和森林资源惨遭破坏。到中华人民共和国成立前，塞罕坝已经由原始森林退化为草原沙丘……”

可喜的是，如今，“绿宝石”重现光辉了！

现在已担任林场工交科长的闵庭耀是1962年从丰宁机械厂调来的。30多年来的耕耘使这里又重现林海。他说，那时候可冷！这里冬天长，春秋短，夏季不明显，积雪长达七个月。建场时这里一片荒凉，搭窝棚，吃莜麦。没菜，用盐水拌饭吃。夜里耕地时一群饿狼跟着嚼麦种，只只绿荧荧的狼眼像鬼火。到处是一两米深的雪窝子。一位分场长查林时连人带马掉在雪窝子里。第一任场长王福明积劳成疾，50多岁就病逝了。

经过30多年艰苦奋斗，特别是改革开放以来的承包经营，全场总经营面积已达94000公顷，现有森林面积6.26万多公顷。其中人工林4.53万多公顷，天然次生林为1.73万多公顷。森林覆盖率达66.7%。那天然林大多长在山坡上，一簇簇绿方阵昂然挺立。记者在人工林深处采到许多松蘑，几尺厚的腐殖质踩上去颤颤巍巍。落叶松、樟子松、白桦、山杨郁郁葱葱，阵阵香气沁人心脾。近年来这里以资源为依托，以市场为导向，每年间伐杆材2000多万米，利税达300余万元，林场已步入林、工、商、旅游业综合发展的良性循环道路。记者在林区饭店里吃到的松蘑炖豆腐、蕨菜炒狍子肉，其鲜、其嫩、其美是大饭店里绝尝不到的。边吃边听到当地人的“打猎经”：狼溜山尖，兔子跑草滩，狍子跑山坡钻树林，狐狸扎犄角旮旯边……不过，现在好多东西是禁猎的。在滚滚绿涛中这里繁衍着百多种野生动物，其中不乏猞猁、黑琴鸡、天鹅等珍禽异兽。你可以买到鹿茸、白蘑、黄花、蕨菜、干枝梅、细鳞鱼以及大量中草药。

我心里默念：敬礼，美的默默的缔造者们！

冬季这里是林海雪原，夏天这里是避暑胜地。电影《玉碎宫倾》《元帅之死》全在这里拍的外景。记者寻觅古迹景点，先后看到了亮兵台、将军泡子、塞北佛石庙、扣垦坟……

一位蒙古族牧童牵来一匹枣红马让记者领略一下乌兰布通古战场风光。但记者一路走来更对这些留下深刻印象：塞罕坝林场总场办公室、宿舍十分简朴，但那里的飞机灭虫、人工化防，以及程控电台、电视卫星接收站、电台等设备却相当的现代化。那里的中小学校舍更是建筑物中最拔尖的，可见林场建设者颇有发展眼光。

林场老 代创业艰难百战多，新一代更是大踏步走上潮头。21 岁的技术员司瑞雪是从河北林学院毕业后自愿申请到这里来的。这里肉多菜少，文化生活单调，漫长的严冬多寂寥。但这位颇有抱负的年轻人既热情工作又勤奋学习，学建筑、学构图、学花卉……多方面长本事，为大发展做准备。林场值得大书一笔的是建场 30 多年以来无大火灾，10 年以来无火警。

1600多职工默默无闻的奉献，塑造了塞罕坝日益动人的美。

（原载《人民日报》1995.06.03第5版）

塞罕坝赋

全国绿化委员会、国家林业局

公元二〇一〇年七月十二日至十四日，时任国家林业局局长贾治邦适值林业发展关键之际，有感于河北省塞罕坝机械林场的创业之艰、建功之伟、精神之佳，国家林业局乃专门于此召开了全国林业厅局长座谈会，倡导之，学习之，推广之，冀望以资推进现代林业建设。盛会圆满，乘兴议决，应为其赋，以志其事，以昭之后。赋曰：

京城北眺，内蒙南望，赫然映目，唯此林场。自古极尽繁茂，近世几番祸殃。水断流而干涸，地无绿而荒凉。哀花残叶败，惊风卷沙狂，感冬寒秋肃，叹人稀鸟亡。悲夫！

今朝看，百卉丛生兮春绽芬芳，赤日炎炎兮夏呈荫凉，硕果累累兮秋高气爽，枝繁叶茂兮冬赛温床。百万亩浩瀚林海，唯北半球无双。数世纪无垠荒原，恰屈指间绿装。远尘世之喧嚣，得桃源之和祥。截风沙以屏京津，蓄水源而泽城乡。夺世上之奇迹，筑人间之天堂。美哉！

沧桑之巨变，英雄而共创。蓝图绘于六二，先驱建场坝上。

满蒙回汉，男女青壮。干部中坚，学子主将。再造青山，重绿林场。战荒原艰苦创业，斗苦寒奋发图强。栖窝棚以为房，饮浆汤而当粮。罹重病犹无畏，数星辰免思娘。六女上坝，留传奇故事。夫妻防火，舍子女抚养。场长冻创双足，书记魂归坝上。惜人众而难枚举，俱事佳而非寻常。熠熠乎耀千古，灼灼乎垂华章。苍天应有泪，英雄自无悔。万难无屈服，百折不彷徨。韶华凝热血，信念铸诗行。风雨赢伟业，奋斗绽光芒。

且喜山川染绿，更庆新人担纲。秉现代林业理念，逐生态文明巨浪。求三大效益统一，引科学发展远航。继传统而心齐气壮，建新城而场兴业旺。

二〇一〇，群贤毕至，盛会一堂。追念先辈，集萃经验，共话理想。于是焉美名天下颂，塞罕坝精神四海扬：艰苦创业，虽盘古而惊叹。无私奉献，即神农亦景仰。科学求实，戒缘木以求鱼。开拓创新，耻邯郸仿学步。爱岗敬业，胜大禹不恋堂。佼佼乎，宇内成翘楚。巍巍乎，业界立旗榜。

东风催响战鼓，征途万里犹长。盛誉之塞罕坝，前程更其无量。须信青山恒久，自当万古流芳。歌兮唱兮，世代不忘！寄语务林众者，携手共育栋梁。千百之塞罕坝，巍然遍乎四方。铸生态屏障辉煌，开现代林业新篇章。赞兮颂兮，举世敬仰！